明室
Lucida

照 亮 阅 读 的 人

拉纳克

LANARK
Alasdair Gray

III

四卷书里的一生
A Life in Four Books

[英] 阿拉斯代尔·格雷 著 唐江 译

北京联合出版公司

目 录

第二卷

第 21 章	树	003
第 22 章	肯尼思·麦卡尔平	030
第 23 章	会面	052
第 24 章	玛乔丽·莱德劳	077
第 25 章	分手	092
第 26 章	混乱	116
第 27 章	《创世记》	135
第 28 章	工作	155
第 29 章	出路	185
第 30 章	放弃	208

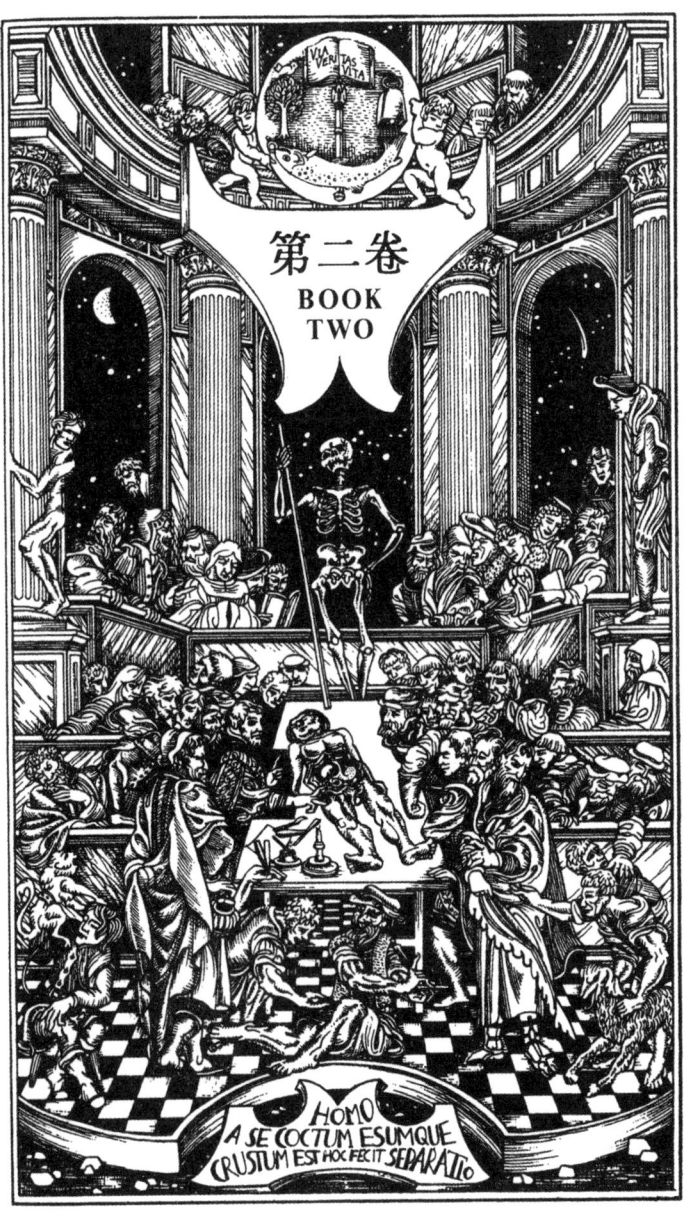

第 21 章　树

前面的卧室落满灰尘,窗帘也脏了,书本和报纸摞放在梳妆台上的玳瑁梳子和别针托盘上。床边的墙上贴着一张前任国王的黑边照片,旁边贴着索唯一一幅令母亲深深喜爱的画,那是他儿时的作品:一棵树在秋风中凋落着叶片。之所以将这些物品原样保留下来,是因为如果把它们收走,反倒更容易让人想起索太太。

去美术学校的第一天早上,索一醒来就闻到了甜腐的气味。自从尸身收殓入棺,被陈放在壁炉前的小地毯上,这股气味就出现了。过了两三个星期,这股气味方才消失,有时索在进屋时还会意外闻到,但他明白,这肯定是自己主观的心理作用。透过窗帘的缝隙,他看到一溜没有色彩的天空,片片乌云从中飘过,有如一团团烟雾。差十分八点时拉响的工厂汽笛,在城市的屋檐上方悲号着,他在床垫上被身子压出的温暖小窝里蜷缩得更紧了,就像所有睡眠不佳的人一样,他对起床前的这几分钟格外贪恋。厨房那边传来微弱的声响,是他父亲在准备早餐。成千上万的男人穿着脏兮兮的外套和笨重的靴子,步履沉重地穿过灰蒙蒙的街道,走向锻造厂和机器车间的大门。他满怀敬畏地想到,要维系一个文明,需要耗费多少能量啊,文明那无可更改的正常运转,每天早晨八点就开始,从厂里的工人身上汲取能量,九点就开始从职员和店主身上汲取能量。为什么不会有那么一天,所有人都决心待在床上?因为那样就意味着文明的终结,不过尽管经历了两次世界大战,文明的终结依然只是一个构想,而温暖的床榻却是触手可及的现实。他听到父亲来到门前,于是闭上眼睛。索先生悄悄走进屋里,拉开窗帘,来到床前,把一只手放在索的额头上。索笑着睁开了眼睛。他父亲笑着说:"你刚才真的还在睡?"

"没有。"

吃早餐时,他们谈到了钱的事。

"你买画材需要多少钱?"

"我也不知道。还不知道我需要什么画材呢。不过我可以在校办商店那里赊账买到。"

"这可不是什么好主意。这样来得太容易。我能想象出你买了某样东西,弄丢之后再买一件。"

索用生硬的口吻说:"你有什么理由怀疑我的诚实?"

"我不怀疑你的诚实,但我信不过你的记性。如果你赊账购物,一定留好发票,好拿它提醒自己。午饭需要多少钱?"

"两先令。"

"一次给你一星期的,就是十先令。坐电车顶多花五先令,所以给你一镑吧。"

"太多了。"

"剩下的就当零花钱吧。你难免会有想跟朋友喝咖啡的时候。"

索原本以为自己会有更多的零花钱。他用随意的口吻说:"非常感谢。"

"还有,邓肯,一周五先令的零花钱,对快要年满十八岁的男孩子来说,并不算多。如果你想约女孩出去,就跟我说,我再多给你一些。"

加尼特山是与克莱德河平行的几座鲸鱼状小山之一,美术学校就坐落在山脊上的一条僻静街道上。主体校舍是麦金托什在一八八几年设计的一栋优雅的建筑,但索走进的是路对面的附楼:两者之间排布着一排排老旧的台屋,台屋上不乏后来新建的附属部分。他穿过一条蜿蜒的走廊,走廊里有许多出人意料的下坡,仿佛位于地下。大梁支撑的屋顶上,一扇扇天窗洒下澄澈的灰色晨光,充满了走廊尽头的画室。在高高的画架、石膏像和屏风中间,一些女生松散地聚集在一片如同林中空地般的空间里,男生们坐在矮凳上,成双成对漫不经心地闲聊着。有些在抽烟，索挺羡慕他们的，因为拿着烟，手就有地方搁了。他本可以打开一本书，坐在什么东西的后面看书，但他厌倦了被人当成嗜书的隐士，想要给自己塑造出一副自信、清高、神秘的新形象。于是他皱着眉倚在墙上，假装谁都不看，其实他在偷偷打量其中一名女生。她盘膝坐在掷铁饼者的雕像底座上，有时跟身边的女生交谈，有时仰起头，把烟从鼻孔里喷出来。她穿着山羊皮的夹克和紧身的裙子，一绺打卷的金发垂落下来，遮住了她的半边左眼。索用双手捂住眼睛，像是为了遮挡光线，他透过指缝观察着另外一些女生。尽管她们总体上给人以明快、欢乐的女性印象，但单独来看的话，她们的吸引力被衣着的学生气或面孔上的鲜明个性给削弱了。从她们的交谈中，他只能清晰地分辨出那个金发女孩的声音。她低沉的语调听在他的耳中，让他想起天鹅绒带给指尖的触感。"我很高兴他们没法送我上大学，真的，因为美术学校更轻松……"

一位富有活力、满头白发的小个子夫人走了进来，照着花名册柔声点名。她告诉他们要上哪些课程，口述了一连串要用到的画材，告诉他们应该把画材放在几号储物柜里。

"每个月，你们用课余时间画一幅画，在礼堂展出。我们这些老师兴味盎然，甚至不无激动地期待着这些展出，因为它们能够表明，你们把我们在课堂上教给你们的东西掌握得怎么样了。你们要画的第一幅画的主题是——"她从花名册里抽出一张纸,仔细查看,"主题是洗衣日,画里至少要有三个人。"然后她命令学生们去校办商店购买画纸和画板,让他们两人一组坐在长腿窄课桌前,她拎着一篮子烧坏的灯泡在教室里四处走着,在每张课桌上放下一枚灯泡,让他们仔细画出它的轮廓。随后她在学生中间四处转悠,小声说着纠正或鼓励的话,在画纸的边缘勾描出小小的草图,表明灯泡应该怎么画。索漠然地画着,有时面无表情,有时面露迷惑,就好像他在抵御不断积累的怒气和反感。有一次他冲着邻座嘀咕,邻座是个方脸盘、留着金色小胡子、衣着考究的学生:"真是不可思议。"

"什么?"

"从坏掉的灯泡里诞生的艺术。"

"是不怎么激动人心,这我承认,不过我们在学会跑之前,或许应该先学会走。"

他那副枯燥的、自费学校的腔调,让索感到厌烦。

上午过半时铃声响起,他们步伐散乱地穿过走廊,来到食堂,那是一间天花板低矮的大屋,里面满是学生,他们看起来十分自得。索在一列歪歪扭扭的队伍末尾站了十分钟。队首的人不断地端着咖啡和饼干离开,还有一些人不断地插到队伍中间,加入他们的朋友,于是索回到了画室。两名男生坐在角落里,喝着保温瓶里的茶,议论着女房东,他们的边境方言口音很重,说的话听起来就像是从粗糙的花岗岩里开凿出来的。

索走近时,他们沉默下来。索冲保温瓶扬了扬下巴,说:"真是好主意。食堂挤得人难受。"

"是啊,也太贵了。像我们这样拿补助金的,必须注意节约。"另一个人用责备的口吻说,"从你的神情看,你不怎么喜欢这堂课。"

"不喜欢。烂透了,不是吗?"

"是吗?难道我们不是必须先掌握技巧,然后才能实践?"

"可技巧和实践是一回事!除非我们感兴趣,否则我们什么也画不好。我们只能通过刚着手时差劲的表现,才能学会如何画好,而不是通过画一些让我们烦得要死的东西。学着画坏掉的灯泡和盒子,就像用尸体学习做爱一样。"

一个学生咧着嘴笑了起来,小声说,那要取决于尸体的素质怎么样。另一个严肃地说:"你是共产主义者吗?"

"不是。"

"你是贝文[1]主义者?"

"我同意贝文说的,英国不应该制造原子弹。"

"我就知道。"

老师走了进来,索回到自己的座位上,莫名地感到自己背叛了自己。

---

[1] 安奈林·贝文(Aneurin Bevan, 1897—1960),英国政治家,左翼工党在国会的领袖。

中午，他把新买的画材放进自己的储物柜，离开了教学楼，沿着索基霍尔街往山下走去，这条街上人流如织，他感到自己隐没在人群之中。他从一家乳品店买了一个馅饼，一边游逛，一边若有所思地吃着，来到了索基霍尔巷，这里颇为宁静，只有鸽子咕咕叫着，在卵石中间悠闲地啄食。这个上午跟任何学校开学第一天的上午都差不多。它给他留下了焦虑不安、人数众多、课程枯燥的印象，还有众人的头脑被引导进了条条框框的感觉。没有什么让心灵变得更丰富、更温暖的东西，除了他看到的那个女孩，而她与其说是让他感到温暖，不如说是让他体味到了另一种焦灼不安的滋味。但这时他开始放松下来，（置身于廉租公寓后面的偏僻小道里）他领略到一种有时会在墓地、运河和城市其他被人忽略的场所获得的舒适。顶端钉着铁管的石墙，似乎要支撑起某种比建筑工人所了解的还要宏伟、奇特的东西。他透过一个门洞，看到一棵生病的巨树。它生长在一片裸露的泥土上，四周是浅绿色、大黄形状的杂草；它在根部分出两条斑驳的主干，一条贴着地面盘曲着，另一条蹿到了三楼窗口那么高，每条主干上几乎都没有什么分枝，仅在末梢部位有一蓬枯萎的树叶支撑。索一边咀嚼，一边盯着看了好几分钟，然后扬扬得意地离开了。这股得意来得莫名其妙。也许来自对这棵树的认同，或是对逼仄的石墙的认同，也许两者兼而有之。

下午是在模型系给一个石膏嘴唇做黏土复制品中度过的。四点半的时候,他来到自己的储物柜跟前,发现里面空无一物。他失望地看着空空的柜子,知道再过三四分钟,这件事带来的震惊才会扎扎实实地落到自己头上。为了做好迎接的准备,他大声说:"我干了一件蠢事。"

旁边储物柜跟前的一名学生流利地接过话头:"我们都会时常干出蠢事。"

"我害得自己被人偷了三镑的东西。"那个学生过来,看了看空荡荡的柜子。他说:"你在这里存放贵重物品之前,应该先弄一把挂锁。在伍尔沃思商店花两三先令,就能买到一把很不错的锁。"

索认出,此人就是早上那个留着金色小胡子的邻座,他想在学会跑之前先学会走。他脑海里灵光乍现,便毫无理由和证据地认定,此人就是小偷。他用刺耳的腔调说了句"你说得对",便离开了教学楼。

回到家里,茶桌前的索先生愉快地说:"嗯?怎么样?"

"还好。"

"听起来你不是很肯定。"

"我累了。"

"你买画材很不顺利?"

"一块画板、一个夹子、绘图纸、一把金属边的尺子。我……全被偷走了。"

"上帝！怎么回事？怎么回事？"

索给父亲讲了是怎么回事。

"这些花了多少钱？"

索把手伸进衣兜,攥紧了那张皱皱巴巴的发票。"接近一镑。"

"**接近一镑？接近一镑？**到底花了多少？"

"十五先令。"

索先生用嫌恶的眼神瞪着他,然后说:"算了。明天再赊账购买一套吧。"

当晚,索躺在床上,意识到父亲以为再花十五先令,就能买回失窃的画具,所以要想隐瞒住自己的谎言,他还要节省出双倍的三镑减十五先令。这让他觉得,如果自己脑袋侧面有把钥匙,只要拧转,自己就会死掉,他会欣然马上拧转它。

第二天早上,他七点起床,为了省下车费步行上学,只吃了一个便宜的馅饼。这让他感到饥肠辘辘,但两三天下来,只吃这个似乎也够,然后他失去了吃它的胃口,只喝一杯牛奶。他的胃一天天地适应了更少的食物。他的内心绷得紧紧的,强打精神,应付着周遭的生活。平时在语气和仪态方面的犹豫不决都消失了。一行词语时常在他的脑海中响起:**清洁、荒凉、精准、严格、艰苦、无法平息**。有时,他低声念出这些词,仿佛它们是他的身体随之舞动的曲调。走在街头和走廊里的时候,他的双脚格外用力、格外整齐地拍打着地面。所有的声响，甚至身边的话语声，似乎都像隔着玻璃，听不真切。玻璃后面的人看起来不同寻常。他不明白，人们从滴水嘴怪兽雕像、面具和古老的门环上，能看到什么他们从彼此身上看不到的东西。每个人的脖子上都顶着一件奇形怪状的艺术品，原本是继承得来，他们一直不厌其烦地修饰它们、增补它们。不过就在他用对物品的无动于衷的态度去看待人的时候，物品的世界也开始引发他的惊奇。一辆牵引车运输着一大块明黄色的机械设备，让他的内心充满柔情，让他的阴茎因为欲望而变硬。廉租公寓的一部分，有着椭圆孔眼、脏兮兮、露出背后砖墙的黄色灰泥，让他萌生了怪异的确信：他正在观察的是某种肉体。墙壁和人行道，尤其是略显衰败的那些，让他感到自己正走在一具尸体的旁边或上面。他的脚步还像以前一样坚实有力，但他身上有种东西，在脚步落地时，退缩了回去。

他只有在正常作画时才能得到休息。画完灯泡和盒子的素描之后，学员们拿到了植物、化石、填充过的小型热带鸟类标本。索让自己的眼睛像昆虫那样，探索着一枚小贝壳的螺旋结构，一边用铅笔尖在纸上画下眼中发现的内容。老师试图通过合理的争论，纠正他的画法。她说："你是不是想弄清它背后的模式，邓肯？但愿你别这么做。只把你看到的画下来就行。"

"我正在这么做呢，麦肯齐小姐。"

"那就别用同样粗糙的黑线画所有的东西。轻轻拿笔,别像扳手一样用力夹着它。这枚贝壳是个简单、精致、很可爱的东西。你画的就像机械图纸。"

"可是,麦肯齐小姐,贝壳之所以看起来精致简单,就是因为它比我们小。对躲在里面的鱼来说,它就像一套铠甲、一座房子、一座移动堡垒。"

"邓肯,如果我是海洋生物学家,说不定我会在意贝壳的用途。作为绘画者,我唯一的兴趣就是它的外表。我坚持认为,它外表美丽精致,就应该画成美丽精致的样子。没必要画出这些小小的裂痕。它们是偶然形成的。忽略就好。"

"可是,麦肯齐小姐,这些裂痕表明了贝壳的特质——只有这枚贝壳能出现这样的裂痕。它就像克伦威尔唇边的疣。忽略之后,就不再是克伦威尔像了。"

"好吧,不过请别把疣画得像嘴唇一样重要。你把这些裂痕画得像贝壳的边缘一样清晰了。"

在老师背后,几名同学就像拳击赛场的观众一样,在猛打手势,过了些时候,麦克贝思凑过来说:"最近放学之后,你都去哪儿?"

"一般是回家。"

"干吗不来布朗商店呢?我们几个人常在那儿聚一下。出了集中营,总得调剂一下嘛。"

索大为兴奋。麦克贝思是唯一一个看上去就像艺术家的一年级新生。他走起路来有种反叛的颓丧姿态,头戴贝雷帽,自己卷香烟,下午身上就散发着威士忌酒味。经常能在高年级学生的人堆边上看到他：穿着优雅紧身裤的姑娘和留着胡子的高大男子，他们在公开场合肆意谈笑。在课堂上，他遵从老师们的要求，但那份轻松写意中透着鄙薄，他令索印象最深的一点，就是他总跟莫莉·蒂尔尼，那个有着天鹅绒嗓音和金色发卷的女生待在一起。在课堂上，他坐在她的身边，给她递烟，帮她把画板从这边背到那边。他脸上常有一副焦虑、孩子气的神情。

索基霍尔街上的布朗蛋糕店有一道窄窄的楼梯，往下通向一间天花板低矮的宽敞房间。这里的烟草味和昔日的奢华气息十分浓厚，索就像置身于一艘沉没邮轮的交谊厅里的潜水员，感到这些气息紧紧地抵着自己的耳膜。在他右边的凹室里，莫莉·蒂尔尼斜倚在一张沙发上，面带笑容，用手指轻轻拨弄着额前的发卷。索班上的其他人坐在她身边的一张桌子旁边，呷着咖啡，看上去百无聊赖。索悄悄坐进麦克贝思身边的一把椅子，没有人对他多加留意。其他桌的客人走动、交谈的声音变得模糊，退向远处，但近旁的细微声响（麦克贝思的呼吸声，一把勺子敲打着小碟）被放大了，变得清晰可闻。莫莉·蒂尔尼来到了鲜明的焦点位置。她的头发、皮肤、嘴唇和衣裙的颜色变得更加清晰，就像背后加了灯光的彩色玻璃人像一样。每过一秒钟，她的身姿就多了一分岩石上的美人鱼和游船上的克娄巴特拉的意味。他听到有人说："有没有人开始画他的每月一画？我还毫无头绪呢。"

莫莉说："我昨晚开始画了。起码我是这么打算的，结果我妈让我看电视，我们吵了一架。最后我被赶出了家门，走进了冰、冷、漆、黑的夜里。"她咯咯地笑了起来，"我！还穿着高跟鞋。"

一个声音怨懑地说："父母就是不肯让你过自己的生活。"

其他声音纷纷附和。

"我爸不让我……"

"我妈老是说……"

"上星期我妈……"

"去年我爸……"

他想回忆一下自己与母亲的争吵，加入谈话当中，但那些细节已经变模糊了，他只记得它们的无可避免。莫莉·蒂尔尼叹息着说：

"我想，我会去做修女。"

索说："我想，我会去做灯塔看守人。"

一阵沉默，然后有人问为什么。

"这样我就能走出螺旋线了。"

莫莉咯咯地笑了起来，索向她俯过身子。他批评了每月一画的主题，还引用布莱克和萧伯纳的话，用双手在空中勾勒出种种形状。有些人提出反对，他则引用许多国家的童话故事，说明现实和幻想、地理和传说有着怎样的联系。莫莉显然在听。她把双脚放在地上，朝他俯过身子，说："你知道很多童话故事嘛。"

"对。它们曾是我最喜欢的读物。"

"我也是。"她嗓音沙哑地轻笑着,"其实它们现在也是。我最喜欢俄国童话。你有没有注意到,它们有很多是讲小孩子的?"

他们聊起了或丑或美的女巫、着魔的大山、神奇的天赋、妖魔鬼怪、公主和幸运的小儿子。怀着惊奇和自在的感受,他发现她喜爱并记得他本人喜欢的许多内容。突然,她把双腿蜷缩回沙发上,对麦克贝思说:"给我一支烟,吉米。"

麦克贝思卷好一支烟,在她用力吸的时候,把火柴举在烟卷的尖端。

"吉米,你能不能帮我一个忙?拜托了,吉米,一个很特别的忙?"

"什么忙?"

她的声音变得既有些孩子气,又有些放浪。"吉米,是我的建筑作业。我们要做一个大教堂模型。我试着做过,但做不出来,我不知道该怎么下手,对我的小脑瓜来说,它太复杂了,我星期五就必须交了。你能帮我做吗?当然,材料费我出。"

桌旁的其他人全都不看彼此。索头脑里有个声音在冲麦克贝思怒吼:"往她脸上吐口水!来吧,往她脸上吐口水!"

麦克贝思带着淡淡的笑意,低头看了看他的香烟,说:"行啊。"

"哦,吉米,你可真招人喜欢。"

索站起身，往家走去。太阳已经落山了。他觉得冷，身子轻飘飘的，一条条街道仿佛飘浮在乌黑的气流上，从他体内穿过。钟表盘微微发亮，就像挂在隐形塔楼上的假月亮。在公墓旁的亚历山德拉广场，有个醉鬼步履蹒跚，从他身边走过，嘴里嘟哝着："没用。"

"是啊，"索说，"没用。"

当晚，他反复醒来，发现双腿彼此摩擦着，指甲在撕扯着身上健康的皮肤。早上，床单染上了斑斑血迹，他感觉身体十分笨重，好不容易才从床上爬起来。在学校里，他像梦游者一样按部就班地做事。中午，他去食堂，在挤满人的餐桌旁喝一杯黑咖啡。旁边的一个女生喊道："哈啰，索！"

他露出虚弱的笑容。

"开心吗，索？"

"还不错。"

"你喜欢这里的生活吗，索？"

"还不错。"

一个男生笑着向她靠过去，在她耳边低声说了些什么。

她说："索，这个人说你的坏话。"

男生连忙说："不，我没有。"

索语气平淡地说："我相信你没说。"

他望着他们，发现他们的面孔不对劲。他们的头皮蠕动着、抽搐着，就像半凝固的糨糊。在他的视角中，所有的脑袋看上去都像是形状不规则的肿块，就像土豆似的，只是不像土豆那样静止不动：这些土豆的表面蠕动着，上面透着一些开开合合的窟窿，有些彩色的果冻堵住了这些窟窿，或者有些骨头的断茬给这些窟窿装点着花边，这些富有弹性的窟窿吞咽或喷吐着空气，分泌着盐分、耳垢、唾沫和鼻涕。他抓住裤兜里的一支铅笔，希望它是一把刀，能用它扎穿自己的面颊，把自己的脸刮下来，直到露出干净的骨头为止。但这是个傻念头。脸皮下面没有什么干净的东西。他想起自己在医学图表和肉店里看到过的大脑切片、种种色调、眼球和耳朵。他想起有弹性的肌肉，搏动的血管，充满温热液体的腺囊，头颅中的一层层细胞、纤维和粒状组织。人们所感受到的味觉、怜爱、梦想和思想，可以被看作一大堆精巧拼接的垃圾。他快步走出茶室，尽量什么都不看，只看脚下的地面。

回到家里，吃过晚饭后他站在厨房里，有时会将盘子收走，但多数时候站在那里一动不动，一副目瞪口呆的神情。索先生走进来，不耐烦地说："你还没吃完吗？你已经待了一小时了。我就那么难相处，让你没法跟我共处一室？"

"不，我在想一些东西，我不喜欢想这些，可我停不下来。"

"哪些东西？"

"主要是各种疾病。皮肤病、癌症、生活在人体内的寄生虫。有些是真实存在的,但我一直在虚构一些新品种。我停不下来。"

"看在上帝的分上,去做作业吧,要不然就去散散步。无论如何,去做点**什么**。"

"我满脑子都是这些东西,哪还做得到?"

"那就上床去。"

"可我一闭上眼,就能看到它们。它们活灵活现,又啃又咬。人们肯定就是这样发疯的。"

索先生既不耐烦又担忧地盯着自己的儿子。"那我叫医生过来?"

"那有什么用?'坦纳希尔医生,我脑子里有一些我不愿意去想的念头!'那有什么用?"

"也许他会让你去看心理医生。"

"那是什么时候?我现在就在想这些东西。"

"是什么让你想起它们的?"

"这很容易弄清楚。用不着心理医生告诉我。是挫败感。如果一个男人有诚实和智慧这两样东西,而没有性吸引力,那他就像鸣的锣、响的钹一样[1]。"

"你说得有些歇斯底里。"

"对。这还真是不幸啊,不是吗?"

"上床去吧,邓肯,我给你拿一杯热甜酒。"

他坐在床上,用枕头顶住身子,好让自己不容易

---

[1] 出自《新约·哥林多前书》第13章第1节:"我若能说人间的方言,甚至天使的语言,却没有爱,我就成为鸣的锣、响的钹一般。"

入睡。他虚构出一种名为"蚤虱"的蛆虫。它是白色的，没有什么特点，只不过身体底下全是嘴巴。它在结缔组织中成长发育，通过在组织表面啃食出一条沟壑来移动前行。它在人体内四处游走，起初并不会让人感到难受，因为它们分泌的汁液就像毒品一样，作用于神经系统，让患者变得体形丰满，面色红润，更加快活，充满活力。然后它开始啃食人的大脑。患者跟从前一样快活，只是他们的行动变得机械而狂乱，他们的言语变得絮叨而陈腐。然后这些以前动作徐缓的寄生虫，突然开始攻击体内的主要器官，同时形体变得巨大。受感染者身体变白，当街倒地，像发霉的袋装大米一样肿胀爆裂，只不过爆开的每个米粒都是一只蠕动的虫子。然后这些寄生虫自行裂开，从它们的肚子里释放出一大群长着翅膀的小飞虫，它们个头极小，可以透过皮肤上的毛孔钻进体内。用不了一百年，蚤虱就感染和吞噬了地球上的每一种生物。地球上一无所有，只剩被大大小小的寄生虫重重覆盖的石头，小的长几英寸，大的有五百英尺。它们开始彼此吞噬。最后只有一只剩了下来，这是一头巨虱，它缠绕着赤道，就像一只蛴螬缠绕着一块卵石。最后一只蚤虱的体内，蕴含着曾在世间存活过的亿万生灵的肉体。它满足了。

在精心编造这一幻想时，索几次昏睡过去，在梦里继续编造着，他有时是一名感染了蚤虱的患者，有时又是蚤虱本身。梦中的细节历历在目，让他惊醒过来，瞪大眼睛盯着灯泡，希望令眼睛刺痛的强光能让自己保持清醒。与此同时，他的一部分心灵试图摆脱那种老鼠在旋转笼里遭到烘烤时的绝望感。

"打住！打住！打住！"

"你做不到的。"

"为什么？为什么？为什么？"

"你的心灵正在腐烂。没有爱的心灵总会滋生出这些蛆虫。"

"我要怎样才能得到爱？"

"你得不到。你得不到。"

凌晨五点来钟发生了一件事。他当时正在跟寄生虫的念头和睡意对抗，睡意会让那些念头显得确凿无疑，这时莫莉·蒂尔尼的形象冒了出来，就像给发热的额头送去一股凉意。他躺了下来，心里渐渐充满了释然的轻松。他第二天就要去找她，要不流露痛苦地向她冷静解释，只有她能阻止他发疯。如果她拒绝爱他，那么以后发生的事可就都要怪她，而不是他了。也许她会帮忙。这不是一个确定无疑的世界，而是充满各种可能性，所以美好可爱的意外必定**时有**发生。蚤虱从他的头脑中消失了。他陷入了安详无梦的沉眠。

父亲拉窗帘时，他醒了过来。

"今天早上心情如何？"

"完全好了。很不错。"

"会一直保持下去吗？"

"我觉得会。"

"你不想去看医生?"

"当然不想。"

"那就好。三个星期之前,邓肯,你告诉我你的东西被偷了,价值十五先令。这是说谎。现在我想听真话。"

"那些东西值三镑。"

"我知道。我要洗手帕,从你衣兜里找的时候,发现了那张发票。我正要把它按在洗涤室的长钉上,那是它该待的位置,这时我注意到了真实的价格。"

索先生来到窗前站定,双手抄在衣兜里,俯瞰着街道。屋里响起一阵细小而清晰的声响,令人心烦意乱,就像老鼠啃木头,或者钢笔笔尖在纸上写字的声音。

"看在上帝的分上,别再挠了!"索先生说,"床单上的血迹还不够多吗?"

"对不起。"

"我不明白,你干吗非要说谎,除非你有这个癖好。如果你要隐瞒真相,完全可以闭紧嘴巴,什么都不说。"

"我已经尽量壮起胆子,逼近真相了。"

"壮起胆子?你在害怕什么?你觉得我会揍你?"

"我应该挨揍。"

"可是邓肯,从你很小的时候,我就不再打你了!"

索想了想,说:"这倒是。"

"更何况,真实的钱数是多少,你又怎能瞒得过我?我早晚要付账呀。"

"我正在自己付。我已经节省出了三十五先令。"

"三个星期节省出了三十五先令！你是从饭钱里节省出来的。难怪你会生病。如果你饿着肚子，身体怎么会健康呢？**怎么会呢？怎么会呢？**"

"请别责怪我。"

"我还能怎么做？"索先生可怜兮兮地说，"你小的时候，还可以打你，可如今你已经是大人了。除了鞭策你，用语言鞭策你，我还能怎样纠正你的错误行为呢？"

过了一会儿，他低声补充说："如果今后你能信任我，如实说明你的情况，不管情况可能会有多糟，我会很高兴的。"

"我尽力做到。"

"那就起来吃早饭吧，儿子。"

"我想待在床上。我感觉虚弱无力。"

父亲盯着他看了一会儿，然后离开了房间，说："我给你把早饭端进来。"

索躺下之后，想起了昨晚的事。此时，向莫莉·蒂尔尼求爱看起来既愚蠢又没有必要，但昨晚的那份决心治愈了他对腐烂和疾病的恐惧。今后如果再冒出这类念头，他会冷静思考，转换思绪。

接连两天，他父亲在上班之前，都会把早饭给他端到床上。中午，楼下的科洪太太会用托盘端来午餐。在两次用餐之间，他不紧不慢地享受着时光：在笔记本上写写画画，看书，或若有所思地躺在那里，做白日梦。脱离了美术学校的压力,感觉还不错,但那个地方总让他惦念不已。他已经变成了那里的学生生活的一部分,富有吸引力的女生听到的众多声音中的一个声音,环绕在她们周围的面孔之一。他写道:

> 她们那肥大毛衣和紧身短衫下面的乳房,就像核弹的弹头一样,威胁着我的独立。食人族女王,食肉的夜莺啊,我为什么会认为,我的价值取决于女人对我重视与否,是什么让**她们**成为价值的授予者?我想用某种方式抓住她们的心,让她们看到世界远比她们知道的更加广大、奇异、昏暗、多彩和不同寻常。我要怎样才能在一幅名为《洗衣日》、只有三个人的画作中做到这一点呢?是啊,这幅画里又能展现出怎样的宏伟气势呢?我想完成名为《神的作为》的系列画作,展现出大洪水、巴别塔的变乱、耶利哥城墙的倒塌、索多玛的毁灭。没错,没错,没错,就像一首献给《旧约》大灾难制造者的赞美诗,他既能把事情变好,也能破坏和毁灭它们。或者我可以画运河流经其间的一系列城市风光。或者

他的笔在纸页上稍作停顿,然后落下来,勾勒出了索基霍尔巷的那棵树,把它画得更大,叶子更少,生长在里德里的廉租公寓和后院绿地之间。在大树周围,三名矮小的家庭妇女正在晾衣服的铁杆中间拉扯

着晾衣绳,他根据自己对一名家务女工的记忆来描绘她们,在他母亲过世前,那名女工来做过一段时间的家务。她们戴着头巾,穿着男靴,披着盖住胸口和裙子的大围裙,看上去没有多少女人味,更像是外科医生。画面顶端,这棵树最高的树枝探向夹在廉租公寓烟囱中间的一片狭长的天空。他想起布莱克有一幅版画:在灰蒙蒙的大海上,从波涛中伸出一只胳膊,那只手抓向空荡荡的天空。还有一幅布莱克的版画,画的是一对小小的情侣望着一个疯狂的小个子站在又细又高的梯子上,梯子的顶端架在月牙上。所配的文字是:"我要那个!我要那个!"索在树梢上方的天空中画了一轮月亮。

第二天,吃完早餐,他起了床,穿着厚厚的睡袍,坐在起居室的炉火跟前,把那幅草图变成一幅正式的画作。傍晚,正在厨房泡茶的露丝喊道:"我看,既然你已经好多了,都可以画画了,那你应该也能帮我做些家务。"

"的确。"索说。

"那麻烦你布置好桌子?"

"我正忙着呢。"

"天哪!用不了十分钟。"

"如果我现在停下,过会儿再拾起来,就画不了这么好了。"

"依我看,莫非你认为,你的大作比什么都重要?"

露丝拿着一罐牛奶,站在厨房门口。索看了看她,冷漠地说:"没错。我正在做的事,要比整个城市里发生的任何事都重要。"

"你疯了!"

"也许是吧。"

他转身去继续作画。露丝走了过来,把牛奶罐举在那幅画上。

"想不想在你重要的画作中间来摊污渍?"

"你自己看着办,别问我。"索一边画一边说。露丝让罐子缓缓前倾,最后牛奶的细流落在画纸中央,留下一小团污渍。

索站起身,走进厨房,说:"这样做是错的,还很幼稚。"

他拿回一块干净的布,擦去牛奶,继续作画。露丝拿着罐子,凶巴巴地望着他,然后用低沉、颤抖的声音说:"天哪,我真恨你!我真恨你!"

"就目前来说,是这样没错,但你很快就会打住。恨是一种令人疲惫的情感。"

"哦,我会一直恨下去!用不着你**操这份心**。"

她把罐子扔进壁炉,摔得粉碎,跑出了房间,把身后的门砰地摔上了。四分钟后,她拿着家庭作业本回来,坐在炉火旁开始学习,把嘴巴抿得紧紧的。

突然,索跳了起来,高声喊道:"哦!哦!**哦**!"

他之前一直在用防水墨水在硬纸上作画。他原以为牛奶是落在了画上的一片干燥区域，但那里并非完全干燥，现在湿气散尽，正中央留下一块灰色的污痕。他没有料到这一幕。他冲露丝转过头，脖颈微微摇动。他攥紧拳头，凑到她跟前低声说："我对天发誓，因为这件事我要把你痛扁一顿，亲爱的。"

她缩到了凸窗里面。以前两人打架，往往是露丝咄咄进逼，索冷静或歇斯底里地招架。现在是她坐在地上，双手抱头，他弯下腰，朝着她的肚子狠狠地打了两拳，然后回去，满面阴沉地看着那幅画。他心里涌出一股新的怒气，又去找她报复。只见她双眼紧闭，蜷缩在地上，呼吸不畅，脸色十分苍白。索来到前面的卧室，躺在床上，只感到无精打采和挫败，透进屋里的天色渐渐变暗，街头偶尔传来孩童玩耍时的喊声。又过了一会儿，他听到露丝去了厕所，传出水龙头放水和水箱冲水的声音。她看了看卧室里的情景，呜咽着说：

"邓肯，你弄疼我了。你不知道我有多疼。"

他冷漠地说："对不起。"

他只能想到那幅画上的灰色污渍。冷淡和漠然像一团污痕一般，在他心中蔓延。晚些时候，他听到父亲进了家门，在客厅里低声谈话。索先生打开卧室门，突兀地说："邓肯！你打了露丝的肚子？"

"对。我们当时在打架。"

"你瞧，邓肯，我很高兴你做好了辩白的准备，但**你绝不应该打女人的肚子**。"

"我很抱歉。我还不知道该怎样恰如其分地伤害女人。"

他父亲离开了,他了无生气地躺在那儿,想着那幅画。"我再也画不出来了。"他心想,然后坐了起来,一个新的想法让他动摇了。在露丝毁掉那幅画之前一个小时,他从那幅画里得到的乐趣就已经消失了,现在他明白是怎么回事了。不该画那个月亮。它不属于这样一幅画,那样就画成了一幅过分强调感伤情调的作品,就像抱着吉他演奏小夜曲的歌手。这幅画应该画得更大,完全不让天空出现在画面上。

那天晚上,索先生泡了茶,全家人默不作声地吃了晚饭。索其实内心充满愉悦,但因为无人分享,他掩饰住了自己的情绪。饭后,他重新画起,三天后,他完成了它。

他把画带到了美术学校,它被挂在礼堂里,他在其他若有所思或叽叽喳喳的学生中间走来走去。现在他厌倦了它,它看上去用力过猛,枯燥乏味,但他依然期待着这幅画能让众人的作品相形见绌,结果他发现还有两幅画画得同样好,这让他颇感沮丧。它们画的是普普通通的厨房内景。它们的颜料运用得颇为细腻,以此刻画出坚实的形体和其间的空间,而且它们在表现光线和空气的纵深时,更为精细和稳健,要比他自己那幅构图呆板、格外阴郁的作品更胜一筹。其他画作则是靠奇巧来吸引人。莫莉·蒂尔尼画的是一片热带风光,画中有二三十个像她一样的金发女子在瀑布下洗头。麦克贝思的画看起来像是伪造的凡高作品。一位胖乎乎、须发皆白的老师走进礼堂,在一幅幅画作前来回走动,派头十足地宣讲着艺术的目的,他用胖乎乎的白手指着那些画,它们的优点或瑕疵正好阐明了他的看法。有那么一两次,他停住脚步,若有所思地打量着这幅大树的画,然后继续往前走去,让索的神经在期望和愤恨这两种矛盾的信息中煎熬。点评结束了,索的画作没被提及,足有好几个小时,失望像酸液一般侵蚀着他的心。

第 22 章　肯尼思·麦卡尔平

他们每周一次,去演讲厅外面排队,等着听艺术史讲座。每个人看上去都很友好,他们轻声细语地闲聊着,自如地交流着感情,索置身其间,感觉自己就像一块触目的顽石。有一天,他赶到的时候,排队的人已经进了演讲厅,做讲座的老师还没来。他在门外收住脚步,摆出一副面无表情的样子,用若有所思的蹙眉稍加缓和,便走了进去。学生中爆发出一阵大笑,有人喊道:"这家伙是最尊贵的罗马人!"整个演讲厅的脑袋都冲着他,有的咧着嘴笑,有的盯着他看,有的狂呼乱叫。欢笑声如波浪般袭来,冲进了他孤高的外壳里。他咧嘴一笑,说:"我的鼻子是绿的,还是怎么着?"然后他在那个蓄着金色髭须的学生旁边坐了下来,他一度出于本能对其心生反感。

"那倒没有,不过你看起来就像恺撒,在算计庞培[1]的首级。"

---

[1] 庞培(Pompey,前106—前48),古罗马政治家、军事家。

听完讲座，他们一起来到食堂。留小胡子的学生叫肯尼思·麦卡尔平。索说："在这儿喝咖啡感觉怪怪的。"

"我发现你很少来食堂。"

"我不知道该坐哪儿。有时候，世界就像一副棋盘，上面的棋子自行其是。我始终拿不准该走哪个格子。但这盘棋肯定不难，大多数人仅凭本能也能玩得转。"

"规则很简单，"麦卡尔平说，"跟紧身边像你一样的棋子就行。坐那桌的是学校合唱队的。那边那一伙是苏格兰高地人。角落里这四位是严肃的天主教徒。等上了二年级，你身处哪个团体，往往由你专修哪一科来决定。"

"你有所属的团体吗？"

麦卡尔平噘起嘴唇，然后说："有。我觉得，我是个自命不凡的家伙。我们家以前挺有钱的，所以在我长大成人的过程中，总有自己比大多数人强的优越感，如果我所在的团体不抱有同感，我多少就会感到不痛快。我想，跟我一起坐的这些人，也都是自命不凡的家伙。他们很快就会过来，所以你可以自己评判一下。"

索微笑着说："等他们来了我就走。我可不想让你难堪。"

"其实我更愿意让你留下。比起他们，我更愿意跟你聊。当然朱迪除外。"

"朱迪？"

"我女朋友。别误会我的意思,他们挺好相处的,有些你已经认识了。只不过我有时候觉得,是势利让我们始终聚在一起。"

朱迪和拉什福德来了。朱迪是个俊俏、壮实的姑娘,面色隐隐有些不快。拉什福德穿了件刺绣马甲,是本杰明·迪斯雷利[1]同款。"看来维多利亚时代的画家,远不像我们过去认为的那样,尽是古板的怪物。"他语调婉转、一板一眼地说。莫莉·蒂尔尼又带来了麦克贝思等人,一伙人凑齐了。麦克贝思看上去有些失落和不快,因为莫莉对他不理不睬,但索觉得十分舒适自在。一伙人聊的是索不认识的人和没去过的派对,但他偶尔开口,大家也都彬彬有礼地听着。

此后,索和麦卡尔平在画室里并肩作画,一起喝咖啡,把他们喜欢的书带到学校,给彼此大声朗读最出色的段落。索偏爱诗歌和戏剧,麦卡尔平偏爱音乐和哲学。他们时常探讨这些,但对政治避而不谈,以免因为看法不一而彼此疏远。有那么一两次,他们到对方家里喝过茶。麦卡尔平住在漂亮的郊区小镇贝尔斯登。宅子外面有花园环绕,房间里铺满地毯,暖融融的。宽大的家具与印度橱柜、中国饰品优美地陈列在一起。麦卡尔平太太身材娇小,性情活泼而欢快。"肯尼思的父亲过世的时候,这是我们家最小的一套房子,"

---

[1] 本杰明·迪斯雷利(Benjamin Disraeli,1804—1881),英国政治家,曾任首相。

她微微叹息着说道,把茶倒进薄薄的杯子里,"倒不是说,如果供得起的话,我还想留下另外那些房子。我们家以前确实挺阔绰的。就拿肯尼思来说吧,他小时候还有保姆来着……"

"我们把它留下,做成了标本,放在楼梯下面的碗柜里。"麦卡尔平小声说。[1]

"……我们还有一名司机,斯特劳德,一个讨人喜欢的家伙,一个真正的伦敦佬。我真想念那辆车。不过,要是那辆车还在,我大概会一天到晚用个不停,因为我这个人懒得要命。我觉得,东游西逛地购物能帮我保持青春。还有一件事,我们如今也不大做了,那就是招待客人。不过,我想给肯尼思好好筹办一场二十一岁的生日派对,让他好好乐一乐。希望你也能来,邓肯?肯尼思经常谈起你。"

"我很愿意。"索说。他坐的沙发很宽,双腿整个陷在沙发里,他呷着茶,为自己像在自己家里一样自在感到纳闷。或许他小时候,自己家也曾这样宽敞、安全。

在食堂用餐时,他常听到他们说起计划中的派对和远足。麦卡尔平很少参与计划,因为在这个圈子里,实际的细节都由女生决定,但朱迪总会问一句"你怎么看,肯尼思?"或者"你对此有何看法?",把他

---

[1] "保姆"原文为"nanny",亦有"雌山羊"之意。

带入讨论当中，与此同时，索坐在一旁，既希望自己也能收到邀请，又纳闷艾特肯·德拉蒙德为何总能收到邀请。艾特肯·德拉蒙德并非这个圈子的成员。他身高六英尺多，常穿着电车车长穿的绿裤子、军大衣，戴一条红围巾。他那深色的皮肤、弯钩大鼻子、亮闪闪的小眼睛、乌黑的鬓发、尖尖的胡须，像极了人们心目中魔鬼的形象，每个人乍一见到他，都会觉得自己跟他相识已久。德拉蒙德总是被请去参加派对，第二天，大家就会在促狭嘲弄、有点吓人的笑声中说起他的趣闻逸事。索对他颇为羡慕，但尽管经常在心中默想"我可以去派对吗，肯尼思？"，却从未把这句话问出口。他能肯定，麦卡尔平会带着伤人的冷漠回答说："好啊，为什么不呢？"但冷漠是麦卡尔平身上最令他赞赏的品质。它体现在他那优雅的稳健、放松的自信中，似乎没有任何人、任何事能令他困扰；还体现在他那沉稳健壮的体格、得体的举止和着装，以及阴天时轻松自如地拿着的那把卷好的雨伞中。它最充分地体现在他偶尔谈起自己的私生活时，仿佛生活只是他怀着嘲讽的同情，远远观望着的某种趣事。有一天，他对索说："我昨晚的表现可不太好。"

"怎么了？"

"我带朱迪去参加一个派对。我喝得酩酊大醉，开始在沙发后面的地上亲吻主人家的女儿。她也喝醉了。这时朱迪发现了我们，她勃然大怒。问题是我太过享受，连假装抱歉都装不出来。"

他皱起眉头,说:"这样不太好,不是吗?"

"如果朱迪爱你,那么当然,这样不好。"

麦卡尔平神情严肃地看了索一会儿,然后扬首大笑。

一天早上,索和麦卡尔平去了考卡登斯,这是美术学校所在山头背面的贫民区。他们在铺有沥青地面的儿童乐园里写生,后来老有些执着的小男孩凑上来("你在写什么呢,先生?你在给那栋楼写照片吗,先生?你能给**我**写照片吗,先生?"),他们只好转移到一条通往运河的砾石街上。他们穿过一座低矮的木拱桥,途经一些仓库,往一座斑驳的翠绿小山的山顶爬去。他们站在一座架设电缆的铁塔下面,遥望着市中心。风掀动着他们的衣摆,将大堆的灰云沿着山谷往东送去。一片片漂移的阳光从一个山脊照向另一个山脊,把山岗上的一片廉租公寓照得明晃晃的,跟幽暗的市政厅塔楼形成了鲜明的对比,而那片闪亮的公墓墓碑所在的隆起,截取了皇家医院穹顶的侧影。"格拉斯哥是一座宏伟的城市,"麦卡尔平说,"为什么我们很少意识到这一点?"

"因为没有人想象在这里生活的情景。"索说。麦卡尔平点上一支烟,说:"如果你愿意解释,那我洗耳恭听。"

"不妨想想佛罗伦萨、巴黎、伦敦、纽约。没有人在造访这些城市的时候,仍是彻头彻尾的陌生人,因为他早已在绘画、小说、历史书和电影里领略过它们的风采。但如果一座城市没有被艺术家运用,甚至没有被当地居民富有想象力地运用,那格拉斯哥对我们大多数人来说,意味着什么?住所、工作单位、足球场或高尔夫球场、一些酒馆和连接它们的街道。仅此而已。不,我说错了,还有电影院和图书馆。当我们想要发挥想象力的时候,我们会神游伦敦、巴黎、恺撒治下的罗马、世纪之交的美国西部,唯独不会在意此时此地。在想象的层面,格拉斯哥的存在,只有综艺剧院里的一支歌,或者几本拙劣的小说。我们给外部世界留下的印象仅此而已。我们给我们自己留下的印象仅此而已。"

"我觉得,我们还出口过一些别的东西——比如轮船和机器。"

"哦,是的,我们曾经是全世界最出色的制造商,生产过几样有用的东西。本世纪初,我们有不列颠合众国组织最得力的劳动力。我们有约翰·麦克莱恩,唯一一位愿意告诉学生,他们遭受了何种对待的苏格兰老师。他就在这儿,克莱德河畔,组织了家庭主妇的集体抗租,促使政府制止了地主们一战期间的涨租行径。这番作为要胜过大多数的首相。列宁认为,英国革命会从格拉斯哥爆发。结果并没有。大罢工期间,一面红旗在那边的市政厅上方飘扬,群众把一辆电车推出了轨道,部队派坦克驶入了乔治广场,但没有人身受重伤。没有人遇害,除了那些被糟糕的薪酬、糟糕的住宿、低劣的食物害死的人。麦克莱恩被关进巴利尼监狱,死于糟糕的食宿条件。所以到了三十年代,尽管这里有四分之一的男性劳动者失业,行凶施暴者却只有那些挥刀相向的新教和天主教团体。好吧,跟邻居打仗总比跟糟糕的政府作战来得简单。再说,在二战开始之前,这些事还给那些生活无望的人带来了不少刺激。因此,格拉斯哥始终未能载入史册,除非是作为统计对象,倘若它明天消失不见,那我们生产的轮船、地毯、马桶,也会在几个月之内被英格兰、德国和日本满怀感激的加班工人生产的产品所取代。当然,我们的工业依然养活着半个苏格兰的人。他们允许我们存在下去。但时至今日,谁能满足于仅仅存在而已?"

"我。就目前而言是这样。"麦卡尔平说,他望着阳光在一个个屋顶上漂移。

"我也是。"索说,他琢磨着自己的说辞是不是有什么问题。过了一会儿,麦卡尔平说:"所以你画画,是为了给格拉斯哥赋予一重更有想象力的生命。"

"不。那只是我的托词。我画画,是因为我不画的时候,感到自己没有价值、没有目标。"

"我真羡慕你的目标。"

"我真羡慕你的自信。"

"为什么?"

"它能让你在派对上吃得开。它能让你喝醉的时候,在沙发后面亲吻房东的女儿。"

"这毫无意义,邓肯。"

"只有在做到这些之后,才有资格这么说。"

"十个礼拜的假期,未免太长了。"那年夏天,索先生说,"你朋友肯尼思准备做什么?"

"在电车上打工。我认识的人几乎全都找了一份工作。"

"那你打算做什么?"

"画画,如果你允许的话。开学返校之后,我们学校会举办一场《最后的晚餐》竞赛画展。奖金有三十镑。我觉得我能把它赢到手。"

他漫步街头,观察着人们。他乘上地铁,地铁上的一排排乘客相向而坐,不用直勾勾地瞅着对方,就能端详乘客的样子。河畔这边的人往往更憔悴,个子要比市郊的人矮半头,衣着也更寒酸。他原先并未看出体力劳动、贫困和营养不良之间存在联系,因为他来自里德里,一个零售商人和他父亲那样的小职员生活的中间城区。他还注意到,面皮光滑的办公室职员和面皮粗糙的车间工人,同样紧抿着嘴巴。几乎每个人都显得忧心忡忡、自鸣得意或决心已定。这样的面孔与十二门徒颇为相称,这些人就是从劳工和职员当中挑选出来的,但与耶稣并不相称。索开始寻找感觉更协调、嘴巴闭得更安详的面容。多数孩子坐着不动的时候,就有这样的面容,但过了青春期,保留这般面容的往往是女人,带有一副温和、神秘、会意的神色。有那么一阵,索觉得,也许这就是道成肉身的上帝的表情,因为达·芬奇和雕刻东方佛像的匠人就是这样想的。一天早上,他在大学医学博物馆里的一个三英寸长的胎儿的脸上,找到了那副面容。那个看上去显大的小脑袋在弯曲的双膝上方一顿一顿的,紧闭的大眼睛和略带笑意的嘴巴似乎表明,他梦到一个令人满意的秘密,它就像宇宙一样宏大。索看出,这样的表情不可能属于基督,基督要用沉稳的目光望着周围的人。他需要一张成熟、理智、向外观望的男性面孔,这个人心中的爱使他对被观望者不抱有任何优越感,那是一张没有流露得意或谴责之情的面容,因为得意是沾沾自喜,而谴责是魔鬼行径。他从以前的画作里寻觅着基督的表情。有一张库尔特的素描,那是一张冷静、无畏、友善的脸,但有些太过忧愁,麦卡尔平的那张画得冷静而坚强,但眼睑透出轻蔑。他决定从杰作中剽窃一张脸,但格拉斯哥美术馆里,画得好的只有婴儿时代的基督,再就是乔尔乔涅的《基督和通奸的妇人》,在这幅画里,画家的谦逊或修复者的胆怯,让这张神圣的面庞留在了阴影之中。他用一天的时间去了爱丁堡的国家美术馆,终于在胡戈·范德胡斯画的三位一体中找到了那副面容。那幅画出自十五世纪,当时佛兰德斯的大师们发现了油画,把棕色变成了最微妙的颜色,同时保留了蛋彩画法的清新明艳。画中的上帝坐在一张黄金和水晶质地、飘浮在云端的笨重王座上，云朵画得俗艳而动荡不定。上帝穿着一件带绿色衬里的纯红色袍子，他正用双手穿过痛苦、瘦削、已然逝去、近乎赤裸的基督的两腋，不让基督从他旁边的位子上滑落。一只白鸽在他们的头颅之间盘旋。上帝跟他的儿子一样，有着平凡、瘦削的褐色面庞，神情中透着纯粹的悲伤，而没有苦恼或责怪之意。倘若抛开金色的王座，那么不论上帝还是他的儿子，看上去都不像是能拿到优厚酬劳的人。他们有着养家糊口者，而不是店主或管理者的面庞。那位受苦的父亲，而不是死去的儿子，更让索同情。这才是他心目中的基督的面庞，他知道自己永远也画不出这样的面庞来。没有谁能画出自己不可能有的表情，而这张脸上的表情远远超出了索能做的。

最后，他决定把晚餐的场景，设想成耶稣从桌子上首看到的样子。门徒们分列桌子两旁，或忧虑不安，或满怀希望，或疑惑，或喜悦，或饥饿，或饱足，他们翘首俯身，想要一睹观看者的面庞。耶稣唯一可以看到的部分，就是他放在桌布上的双手。它们从底部的边缘进入画面，索是照着父亲的手画的。他用了太长的时间准备这幅画，结果来不及画完，只好提交了黑白两色的草图。

这幅画虽未获奖，却很容易被选中拍照，《校报》还刊登出了莫莉·蒂尔尼和艾特肯·德拉蒙德在这幅画前面的合影。标题这样写道:"美术生在格拉斯哥美术学校的夏季展览开幕式上探讨道格拉斯·肖对《最后的晚餐》的诠释。"索拿起一张报纸,走进一个厕所隔间,心满意足地看着。尽管受够了这幅画,但登报照片给他带来了瞬间的快意,近乎性能力带来的快感。他带着少有的自信走进食堂,坐在朱迪身旁,朱迪友好地问他:"邓肯,你喜欢画那些令人不快的人?还是你的画也让你感到震惊,就像让我们感到震惊一样?"

她的兴致让索感到开心。他说:"不,我没打算画令人不快的人。毕竟,基督是随意挑选门徒的,就像陪审团成员一样,所以他们肯定是平凡的、足以成为群体代表的典型人物。也许我把他们画得有些奇形怪状。哪怕是在我们自己看来,我们许多人也并非我们应有的模样,所以我们怎能不变得奇形怪状呢?而且我们也并不总是令人愉快。"朱迪说:"给我画一幅肖像,就在这儿,画在桌面上。"她维持着头部的姿势不动,索在丽光板桌面上草草地画着。他说:"我画完了,但并不成功。"朱迪说:"你看,你让我看起来很邪恶。你展现出了我糟糕的品质。"

索看了看这幅画。他觉得自己只是画出她脸庞的形状,而且画得不怎么好。她说:"我知道我的坏品质比好品质多……"索开始抗议,但她说:"你瞧肯尼思!"

索望着对面的麦卡尔平,后者扬起了头,在为一个笑话发笑。他在假期里长出了山羊胡,胡须金色的尖稍冲着天花板摇晃着。朱迪说:"肯尼思没有坏品质。

如果他伤害了任何人,那只是因为愚蠢,而不是有意伤害别人。"

"他是个绅士,"索说,"认识了他,会让人变文明。"

当天晚上,在有轨电车里,他对自己的外表有了格外清醒的意识:沾满颜料的裤子像是劳工的下半身,衣领和领带就像办公室职员的上半身。电车驶过公园的时候,有人拽他的袖子。他转过身,看到一个丰满漂亮的女孩,女孩说:"嗨。你好吗?"

"还好,谢谢。你呢?"

"还不赖。你住在这边?"

"是啊。就在礼拜堂对面。"

"我要去看我姨妈。回头见。"

她下了台阶,索心里纳闷,想知道她是谁。突然,他意识到,她是读过怀特希尔学校的大琼·黑格。他走下台阶来到平台上,站在她身边。她说:"哦,你过来了。"

"我通常在往山上开出更远之后才下车。"索说,像是在解释些什么。

"你家正对着礼拜堂?"

电车停了,他们下了车。

"不,我家所在的那条街,能通到正对着礼拜堂的那条路上。"

他站着不动,用双手比画着地形。她拽着他的翻领,把他带到人行道上,给一辆卡车让路,她说:"我可不想被人当作交通事故的目击证人。"

"你现在在哪儿上班?"

"在布朗商店。我在那儿的餐厅做服务员。"

"哦,我有时会去,不过是去楼下的吸烟室。"索描述了自己的饮食爱好,她似乎听得挺专心。他给她看了报上登的照片,她不像他期待的那么在意。谈话的间歇,他以为她会道别,但她一直待着,直到他想出新话题。他说:"我陪你往姨妈家走吧。"他们并肩往前走去。琼走路时高扬着下巴,红艳的嘴巴透着傲气,仿佛对大批仰慕者不屑一顾的样子,索的心怦怦直跳。他们转过几个拐角,在一个巷子口停住脚步。琼解释说,她每周来看望姨妈两次——姨妈是个老太太,刚动过一场手术。索对她的无私大为称赞。又是一阵沉默。索失望地说:"瞧,以后我可以去找你吗?"

"哦,当然。"

"你现在住在哪儿?"

"兰赛德那边,靠近纪念碑。"

"嗯……我们在哪儿见?"

沉默片刻之后,她建议在牙买加街那座桥旁边的佩斯利角见。

"好!"索坚定地说,然后又问,"不过我们还没确定是哪天晚上,什么时间,对吗?"

琼说:"对。还没定。"

沉默片刻之后,她提议星期四晚上七点见。

"好!"索再次用坚定的口吻说,"到时见。"

"嗯。"

"那……再见。"

"再见,邓肯。"

当天夜里,索一次又一次地放下工作,在客厅里踱来踱去,咻咻地笑,唱起歌来。索先生说:"你怎么啦?谁家姑娘冲你抛媚眼了?"

"我的画受到关注了。"

第二天早上,两人坐在学校图书馆里,索给麦卡尔平讲了琼的事。麦卡尔平仔细看着一本光面杂志,然后说:"她身上的气味像面包房、啤酒厂还是妓院?"

索感到震惊和掉价,心里怪自己多嘴。麦卡尔平瞥了他一眼,说:"你要知道,所有女人都有体味。那些除臭剂广告非说体味不好,全是扯淡。如果姑娘干净,那她的体味是很吸引人的。朱迪就有一股体香。"

"好吧。"

"你需要的,邓肯,是一名态度友善、富有经验的年长女性,而不是一个傻乎乎的小妞。"

"我可不喜欢别人对我屈尊俯就。"

"我承认,她必须机敏地对待你。我肯定,欧洲的妓院里有很多女人能够胜任。当然,苏格兰没有什么名副其实的妓院。这是个太他妈**贫困的**国家。"

索说:"你今天上午满脑子尽是妓院。"

"是啊……你觉得,你从美术学校毕业之后,会怎么样?"

"我不知道。但我教不了小孩,我也不会去伦敦。"

麦卡尔平说:"我不愿意教书,但我真有可能干这行。我想在安顿下来之前,出去远行,尽享自由,去巴黎、维也纳、佛罗伦萨。意大利有很多宁静的小城,教堂里有略逊一筹的大师绘制的壁画,在外面广场的遮阳棚底下,出售教堂自酿的葡萄酒。我愿意跟一个姑娘一起徜徉其间,不见得非得是我想娶的姑娘。想想看吧!日落之后,那儿的气温依然像这里晴朗的夏日午后一样温暖……但我不能离开母亲太久。起码要在跟朱迪结婚之后,才会离开她——就自由方面而言,这无异于刚出虎穴,又入狼窝。现在呢,我在一天天地变老。"

"瞎说。"

"你从不为时光感到苦恼?"

"不。只有感受让我苦恼,时光又不是什么感受。"

"我能感受到。"

过了一会儿,麦卡尔平用为难的口吻说:"我琢磨着,如果我开始在贫民窟生活,跟妓女厮混,只穿豹皮,不穿别的,朱迪和我妈一个星期会有四天,用篮子装着食物过去看我。"

"我真羡慕你。"

"可别。"

当天下午,在演讲厅,索的身子跟木质长凳达成了艰难的妥协,迷迷糊糊地睡着了。后来,他听到做讲座的老师说:"……在某种程度上不啻一个暴徒。事实上,他曾在争吵中打破米开朗琪罗的鼻子,那时他们都还年轻。最后他成了疯子,惨死在西班牙的一所监狱里,想起这一点,多少让人感到安慰,哈哈。好了,今天就讲到这儿吧。"

灯光亮起,听众向出口拥去。索注意到麦卡尔平和朱迪在前面,他们手拉着手跑过街道,往附楼去了,索慢吞吞地跟在后面。他们没在食堂里。索在德拉蒙德和麦克贝思那张桌子旁边坐了下来。德拉蒙德说:"我不明白,他们干吗邀请我。我都不怎么认识肯尼思。"

"什么时候?"麦克贝思问。

"明天晚上。我们去他家吃饭,开怀畅饮,然后到一家宾馆参加化装派对。"

"他有多大?"麦克贝思问。

"二十一岁。"

一股令人悲伤的震惊像水流一样从索的体内穿过。他坐着一动不动,没说几句话,然后去柜台把吃的端回了桌边。德拉蒙德离开了,从麦克贝思的坐姿,索能看出,他因为没有接到参加派对的邀请而感到沮丧。麦克贝思说:"你今晚真安静,邓肯。"

"抱歉。我在想事情。"

"我想,你接到明天参加肯尼思派对的邀请了吧?"

"没有。"

麦克贝思乐了。"没有吗?这可真奇怪。你跟肯尼思总是形影不离。我还以为你们是朋友呢。"

"我原先也这么想。"

那天晚上,他在街上走了很久,过了半夜才回家。
"是你吗,邓肯?"客厅里,父亲在沙发床上问。
"是我。"
"出什么事了吗?"
索说明了原委。他说:"我真不习惯。熟人渐渐变成亲切的朋友。反转来得……让人震惊。"
"那是什么声音?"
"我在摆弄客厅桌子上的摆件。以上帝的名义,我明天该怎样面对他?我能说什么?"
"别说太多,邓肯。安静、有礼地祝福他就好。"
"是个好主意,爸爸。晚安。"
"直接去睡吧。别写东西了。"

索上了床,喘不过气来,服用了两粒麻黄素,睡了一个小时,然后亢奋地醒来。他翻开笔记本写道:"未来要求我们参与其中。自愿参与便是自由,非自愿便是奴役。"

他把这句画掉,然后写道:

> 宇宙强迫合作。有意识地合作便是自由,无意识便是……
> 自然总能得到我们的援助。热切地援助便是自由,心怀抵制便是……

上帝需要我们的帮助。快乐地给予便是自由,心怀怨愤便是……

我们总能得到神助。知晓便是自由,失察便是……

他大吼一声,把笔记本抛向天花板,本子反弹到衣柜顶上,碰下来好些书和报纸。他躺在那儿,为生活发生变化感到快乐,然后他自慰完毕,睡了过去。醒来之后,他的快乐消失了。

那天,麦卡尔平没来上学。在茶歇的时候,朱迪、莫莉·蒂尔尼和拉什福德议论着,他们要在化装舞会上穿什么服装。索拿不准自己该作何表现。他在桌面上作画,左侧嘴角露出一丝笑意。

"你真该看看我那套服装!"莫莉欢快地说,"糟透了。全是粉色的,有1920年代的风格,还带个三英尺长的烟嘴。来,给我一支铅笔。"

她从索手中抓过铅笔,在桌面上画出那身服装。那天晚上,索进城去见琼,他站在一家服装店门口,打量着那些穿着夜礼服和运动装、仪态娴雅的假人模特。灰蒙蒙的暮色变成了乌黑的夜色。店门那儿是约见别人的惯常地点,旁边总有等候男女朋友的人。没有谁会等十五分钟以上。直到再也无法欺骗自己,说琼会来,索才往家走去,感到自己被深深地侮辱了。

次日,麦卡尔平手拿一本新书,步履轻快地走进教室。他把卷得十分熨帖的雨伞挂在暖气片上,把外套和书包放在一个基座上,步履轻快地朝索走来。他说:"听听这个!"然后朗读了《奥勃洛莫夫》的第一段。

索有些尴尬地听他读完,然后说了句"很不错",就钻进角落削起了铅笔。那天上午,他和麦卡尔平是分开作画的。午餐时分,索去了主楼,约见教务主任。他用慎重的口吻说,他认为学校安排的解剖学课程略有不足,他想申请去大学的解剖室写生,他想拜托教务主任写封信,说这样的写生有助于他的艺术发展,如蒙应允,他十分感激。教务主任在转椅上转来转去,沉吟着。他说:"嗯,我拿不准,索。当然,一战过后没多久,病理解剖就列入了我们的课程。我自己就接受过这方面的培训。我不认为自己有从中获益,不过当然,我对艺术不像你那么全心投入。不过从心理的角度看,这样的培训对你有好处吗?我真的认为弊大于利。"

"我不是——"索说,然后他清了清喉咙,在皮尔先生办公桌旁边的电暖炉前跪了下来。他盯着红热的线圈和椰棕地毡上扯脱的纤维。"我不是一个健全的人。或许有朝一日,会成为不错的画师,但我始终都是一个不完整的人。所以对我来说,工作十分重要。如果要做好这项工作,我就必须看清人的构造。"

"你画的《最后的晚餐》展现出对人体的细致把握,我猜,是用常规方法做到的吧?"

"对。细节都是唬人的。除了我确切掌握的东西，其他都是我用想象力和书里的画作素材拼凑起来的。不过现在我的想象力需要更多翔实的知识，才能继续发展。"

"我不确定病理解剖对你是否有好处，索，不过我想，你对此确信不疑。我跟大学的医学系主任多少有点交情。我会跟他联系的。"

"谢谢您，先生。"索说着，站了起来，"在目前这个阶段，去活体解剖室写生确有必要。"

"解剖室。"

"您说什么？"

"你刚才说'活体解剖室'。"

"是吗？抱歉。"索有些迷惑地说。

他一路跑回教室，释放着自己的喜悦。麦卡尔平站在门口的一个画架前。索停住脚步，小声对他说："皮尔要帮我申请去大学解剖室写生了。"

"太好了！太好了！"

"自从我发明菌氯弹以来，还从未这样开心过。"

麦卡尔平弯下腰，捂紧嘴巴大笑起来。索回到自己的座位上，心想先前的不友好真是没必要。晚些时候，他们一起去食堂时，他问麦卡尔平："你为什么没邀请我参加你的派对？"

"我们只有几张参加化装舞会的票，得给那些以前请我和朱迪参加过他们派对的人。我想邀请你来着,可是——呃,办不到啊。我本以为你不会介意的,因为你要带你认识的那个女孩出去玩。你跟她处得怎么样?"

第 23 章 会面

一天晚上,天挺暖和,街灯还没有点亮,索来到了索基霍尔街。一片昏黄的天空横陈在西边那片屋顶的后面,颇为优美,他朝那些屋顶走去,跟他家方向刚好相反,结果在查令十字那边意外遇到了艾特肯·德拉蒙德。

"你通常不往这边走的,邓肯。"

"我只是散散步。"

"我想,你是在等舞会开场吧?"

"今晚有舞会吗?不,我可买不起票。"

"我承认钱是很有用,不过区区一张票算得了什么。跟我来吧。"

他们走过大饭店,拐进一条没有照明的矮小巷子,通往一个杂乱无章的小院。索辨认出成堆的焦炭和煤块,满溢的垃圾桶,成箱堆叠的牛奶、啤酒和鱼。德拉蒙德打开一扇门。

他们走进一片闷热的空间，有那么一会儿，索感到喘不过气来。一枚昏暗的电灯泡下面，坐着一个身穿锅炉工工作服的老人，他在火炉门边抽着烟斗。德拉蒙德说："这是邓肯·索，爸爸。我们正要去美术学校的舞会。"

德拉蒙德先生从嘴里取出烟斗，用烟斗柄指点着，让索坐在一张空椅子上。他的嘴巴有些滑稽地瘪着，看来已经掉光了牙齿；他的鼻子几乎跟儿子的一般大，但棱角更分明；眼镜推到了额头上，两根眼镜腿都用绝缘胶布补了补。他说："这么说你要去跳舞？那根本是浪费时间，道格拉斯，是他妈浪费时间。"

"他叫邓肯！"德拉蒙德喊道。

"那无关紧要，还是浪费时间。"

"今晚谁在厨房？"

"嗯？路易吉。"

"干吗不给邓肯和我弄点吃的？他饿了。"

"不，我不饿。"索说。

德拉蒙德先生离开了房间。德拉蒙德把父亲坐的椅子拖到炉门前，打开炉门，露出炉膛里呼呼作响、光焰炽热的燃煤。他坐下，把双手伸向炉火，说："我长得像魔鬼，纯属巧合，不过我确实爱烤火。把你的椅子拖近点，邓肯。"德拉蒙德先生端回一大盘三明治，把它搁在索和德拉蒙德中间的地上。他说："有奶酪的、鸡蛋的、三文鱼的、肉酱的。你们自便吧。"

他把屋角的另一把椅子拖过来坐下，从地上拾起一本图书馆的藏书。"你看不看这个人的书,邓肯?"他问道,露出小说的名字,作者是奥尔德斯·赫胥黎。

"看,不过他让我感到苦恼。他描绘的世界很少有让人相信或欣赏的东西。"

"很少吗?"德拉蒙德先生放声大笑,"他**什么都没**留给你,邓肯。什么都没有。一无所有。而且他是对的。"

索和德拉蒙德吃起了东西,他翻过一页书,看了起来。

"今晚是发钱的晚上!"突然,德拉蒙德大声说道。德拉蒙德先生抬起头。

"我说了,你今晚收到钱了。能给我点钱吗?"

"格拉斯哥市政当局,邓肯,每年发给这个人一百二十镑。他把钱都用在穿衣和零花上。他住在——"

"还有买材料。"德拉蒙德说。

"还有买画材。他住在家里——已经二十四岁了——一点不负担房租、生活费、燃料、电费、食物——"

"食物!"德拉蒙德得意扬扬地喊道,"我很高兴你提到了食物!你知道我爸今晚给我吃的是什么吗,邓肯?炸鲱鱼。鲱鱼,你明白吗,而且是带着脑袋和尾巴炸的。"

"好吧,要是你不爱吃,你知道该怎么办。"德拉蒙德先生和和气气地说着,把烟斗塞回嘴里。

"给我十先令。"德拉蒙德说。他父亲从工装裤口袋里摸出四枚两先令六便士的硬币，递了过去，他看到盘子空了，便站了起来。

"再吃点三明治吧。"他对邓肯说。

"不了，谢谢，德拉蒙德先生。蛮好吃的，不过再吃就要撑着了。"

"好吧，厨师是我朋友。这些不是我买的，也不是我偷的。你真的不再来点？"

"不用了，谢谢，德拉蒙德先生。"

"邓肯得走了，爸爸。我们约了人。你还要加煤吗？"

"如果你在赶赴**重要约会**之余，还有闲空的话。"

外面的煤堆上方，开了一道木门。索和德拉蒙德用笨重的木耙子把小堆的煤块拖到锅炉房的地上。德拉蒙德把它们铲进火炉，他们在变暗的院子里用水龙头洗了洗手，就离开了。

他们来到考卡登斯，走进一条巷子，巷子里窄窄的台阶磨损得厉害，几乎就是一道斜坡，让人很难落脚。索走得上气不接下气，在一个窗沿上靠了一会儿。他能看到一座黑乎乎的教堂平整的背面，对面是一个窗口花箱，里面杂草丛生，从中探出三棵矮小的花椰菜，顶部落有斑斑点点的煤灰。走到最上面的平台之后，德拉蒙德推开一扇明黄色的门（门锁坏了），探进头去喊："妈！"过了片刻，他说："进来吧，邓肯。我必须多加小心，万一我妈在家，就麻烦了。要是她不喜欢某个人，她就退回自己的卧室，焚烧一根雄鸡的尾羽。"

"那是干吗?"

"我都不敢琢磨。"

索走进这座他有生以来见过的最奇怪的房子。有些部分很像是一个家,但这些部分就像一片片谷地,散布在成堆的家具物件中间,这些家什就像从废品堆、垃圾和旧货商店打捞出来的。他挤进厨房时,那些中空的画框、没有弦的乐器和陈旧的无线电台让他感受到威胁。各个房间的天花板要比他自己家里的高,但屋里没有什么空地,显得杂乱无章。

"有些乱,别在意,"德拉蒙德说,"我没时间收拾。但愿我很快就能在美术学校旁边弄到一间画室。哪些是我们用得上的?"

他开始搬开一个碗柜前面的东西。索弯下腰,想要帮忙,但德拉蒙德说:"我来好了,邓肯。要是你也搬,我就不知道该从哪儿把它们找回来了。"等碗柜门能打开十二英寸左右的时候,德拉蒙德把一只胳膊伸进这道空隙,每次掏出一样东西:大礼帽、罗马头盔、遮阳帽、猎鹿帽、学位帽和印第安羽饰,上面全都配有标签,写着它们属于绝顶戏服租赁行。

"我以前在那儿工作过。"德拉蒙德说,"他们把最好的东西到处乱放,这种马虎近乎罪过。"

德拉蒙德戴上大礼帽,穿上燕尾服,系上短绑腿。他从一张亮光硬纸板上,给自己裁剪出一片微微发亮的衬衫前胸、衣领和袖口,用别针和少许胶水将它们固定到位,然后从一个抽屉里取出一对又长又绿的橡胶尖牙,仔细塞进牙齿和上唇之间。他往脸上抹了些绿色的化妆油,露出凶狠、怒视的眼神,费力地问:"像不像吸血鬼德古拉?"

"嗯,还行。"索点点头说。

德拉蒙德把橡胶牙齿塞进衣兜,问:"你想扮什么人?"

"巫师。不过学者也凑合。"

他戴上那顶学位帽。

"还不够,"德拉蒙德说,"进这边。"

他挪开一个裁缝用的人体模型,打开另一扇门。索走进一个整洁的小房间,屋主显然是女性。屋里有花卉图案的窗帘、条纹壁纸,床上有一床粉色的缎子被。屋里有一只带有涡卷装饰的镀金鸟笼,一个骷髅头形状的烟灰缸,窗口花箱里开着香豌豆花。

"打开衣橱。"德拉蒙德在外面吩咐道。

"我觉得这儿不是我应该待的地方。"

"你照我说的做就行。"

衣橱的门半开着,索把它打开的时候,一只橘猫慢悠悠地钻了出来。

"右边那些外套里面,有没有一件黑色的绸缎晨衣?"德拉蒙德喊道。

"有。"

"拿过来。别碰别的东西。"

索回到乱糟糟的厨房。德拉蒙德说:"不好意思,我应该自己拿,但我母亲让我做出保证,不进她的卧室。穿上吧。用它充当学位袍,挺合适的。"

"她不会发现吗?"

"不会。她在拉格斯镇经营一家茶室,她回家的时间——往好里说——毫无规律可言。"

德拉蒙德抓起一根圆头手杖,两人就动身去参加舞会了。

外面,路灯已经点亮,电车冒着火花,叮叮当当地驶过。似乎有一出神秘剧在全城拉开了大幕。一对老头老太在街角小声争吵,两个小女孩在亮着灯的水果店的拐角偷偷张望。在一间火光照亮的房间,透过一楼的窗户望去,只见一名男子站在屋里,脖子上缠着一条围巾,也许是在刮胡子。在学校附近,他们踏进一间满是烟雾、噪声和顾客的房间。德拉蒙德往吧台挤去,索紧随其后,穿过摩肩接踵的顾客。德拉蒙德递给他一大杯威士忌,让他一饮而尽。一名金发女郎和一名黑发女郎笑着向索俯下身,金发的那个说:"你母亲知道你来这儿吗?"

他说:"也许知道。她已经去世了。"然后他背过身去,为自己摆出的强硬姿态感到开心。德拉蒙德买了两支雪茄。他们点上火,来到店外,沿着索基霍尔街一路前行,像烟囱一样喷云吐雾。索惊讶地发现,路人的眼光怪好笑的。他开始放声大笑,结果剧烈地咳嗽起来。

"看在上帝的分上,别往里吸,邓肯!"德拉蒙德拍着他的后背说。

"跟你一起出丑,也挺光荣的,艾特肯。"

附楼的门口挤满了试图买票或贿赂门卫进场的人。德拉蒙德和索并肩走上台阶,德拉蒙德用斧刃般的大鼻子劈斩出一条通路,索用额前乌黑的尖壳也开辟出一条。异国装扮的官员们嚷着"那位是德拉蒙德!""那位是索!",将他们兴高采烈地迎了进去。门房抓着索的袖子,将他拉到一旁,指着德拉蒙德说:"当心那小子。要是他喝醉了,那无论是让他陪伴人还是牲口,都不合适。"

到场时的喜悦渐渐消退。索坐在舞厅边缘,心中不快地笑望着一对对男女擦着自己的膝盖欢愉地旋转过去,他用眼睛汲取着一幕幕画面:腰臀、颤动的胸脯、喉咙和目光。莫莉·蒂尔尼打扮得像个东方舞女,在一个身穿白袍的阿拉伯人臂弯里快乐地旋转着,那是麦卡尔平,他扬起一根食指,向索致意。突然,两个姑娘说着"你好!",坐在他的两侧。"你不认得我们了?"左边的小个子姑娘问。

"不好意思,我经常记不住人们的长相。"

"你在酒吧见过我们,你不记得了?"

"你们就是问我那个问题的姑娘?我不记得你们的长相了。"

"为什么?"右边的女孩问,"我们是不是看起来很刻薄、很老练?"

"根本不。"索连忙说,"你们是大学生?"

"不,我们是美术学校的。"

"你们是一年级的?"

她们笑了起来。

"不,四年级的。"

肤色白皙的姑娘对微黑的姑娘说:"这让人感觉老得吓人。"随后她问索:"你怎么不去跳舞?"

"我的身体没有节奏感。"

"哦,**这个我们马上就教你。**"肤色微黑的姑娘说着站了起来。她把索带到角落,教他如何移动脚步,然后她带索步入舞池,让他做自己的舞伴,索感到自己笨手笨脚,满怀歉意,无比希望是那个肤色白皙的姑娘在跟自己跳。随后她把他带回去,交给了她朋友。索马上便感觉出了差别。她的身体更结实,柔韧而不虚弱,她的头发是淡金色的,从白皙的额头柔顺地梳往脑后。她戴了耳环,小小的宝石坠在细细的链子上,她穿的是一条方形领口的黑裙。有时她会开口指点他的舞步,有时会称赞他的表现。他直勾勾地望着她的眼睛,想象着自己同她结了婚,想到莫莉·蒂尔尼时,心中没有任何懊悔之意。他想我真荒唐,他一直盯着她的眼睛看,那对深色的瞳仁变得十分澄澈,她的头和脸变成了白金两色的模糊晕环。他心想她就像大理石和蜂蜜,他用嘴唇无声地嗫嚅着这几个字。音乐停了,他只好再跟小个子姑娘跳。他望着她的肩膀后面,谈起了绘画和美术学校。她说:"你父亲是牧师吗?"

"不,我父亲是个很虔诚的无神论者。我看起来像是牧师的儿子?"

"你看起来像个十二岁的孩子。但你说起话来就像高地的老牧师。"

索又跟肤色白皙的姑娘跳了起来,沉默变得让人绝望,因为他知道必须打破沉默才行。于是他说:"你给人的感觉就像大理石和蜂蜜。"

"什么?"

"你给人的感觉就像大理石和蜂蜜。"

"哦。是吗?谢谢你。"

她面无笑容地望着他,说:"你应该常来跳。"

"不,我真的不会跳。"

"如果你常来参加舞会,我就跟你跳。"

索越发担心了,觉得她不可能陪自己跳一整晚,不知道她会在什么时候,以怎样的方式弃他而去。音乐停止时,他借故离开,匆匆奔出舞厅。

索往楼上走去,心想"我爱她",然后又想"你在犯傻"。他想知道她是否已经有了男友,他为什么没有陪在她身边。不管怎样,她跟他跳舞只是出于好心,他们之间的联系没有什么可贵之处。索想象着,她的朋友们拿他与她共舞时神思不属的表情打趣她。她会笑着说:"他只不过是个孩子!"他想找个地方躲起来。所有黑咕隆咚的走廊都传出亲昵的窃窃私语声,于是他打开一扇通向舞厅包厢的门,这片小地方用于存放椅子。一个男的垂头丧气地把双臂支在栏杆上,把脑袋埋在双臂中间。是德拉蒙德。索从未见过他孤孤单单或情绪低落的样子。德拉蒙德挤出一丝笑意,指了指一把椅子。

"你还好吗,邓肯?怎么不去跳舞?"

"我不会跳。"

从这边俯瞰过去,跳舞的人就如同一顶顶难以名状的发盖,向外探伸出的手脚仿佛海星的腕足。彼此相连的一对对时而拉扯,时而转动,仿佛音乐是某种液体,在他们中间震荡不已。乐声停息时,他们匆匆赶到舞厅的一侧,就像若干微粒凝成了一团。德拉蒙德叹息着说:"她们是邪恶的,邓肯,邪恶透顶,绝对邪恶。"

"你说的是?"

"女人。"

德拉蒙德俯视着跳舞的人,说:"今晚有个妞一直跟在我身边,盯着我看……十分钟前,她跟别人走了。我觉得只要我愿意,就能得到她。可我看到莫莉的舞姿,就对那类事失去了兴致。我也不知道是怎么搞的。她已经过了最好的年龄,跟一名爱尔兰的兽医订了婚,还到处卖弄风情……"

"莫莉·蒂尔尼?"

"我以前经常陪伴在她左右。你必须承认,她挺漂亮的。现在她躲着我。"

"为什么？"

"我想，是因为她的父母人品好，而我的父母不怎么样吧。我母亲告诉她，她不适合跟一头猪猡睡。这话逼得我只能断定，她**确实**适合跟猪猡睡。"

他们又陷入了沉默，望着那些跳舞的人。然后德拉蒙德说："我试着想象她大小便和来月经的样子，来治愈我自己，可这段情分让我觉得，她做这些也挺美的。"

"女人是怎么来月经的？按照固定的时间间隔，在固定的日子来吗？"

"当她们到莫莉这个年龄，她们可以在追赶电车，站着画画，吃晚饭，或者像我们这样，跟朋友说悄悄话的时候来。她有时候还会让我看。"

"什么？"

"我们分享过好多这一类的小秘密。"德拉蒙德郁郁寡欢地说。即使在做白日梦时，索也从未想到，爱还会有这样的一面。他颇感挫败地揉了揉脸。德拉蒙德说："等你有了更高的知名度，你跟女人就会处得更好——名声会让很多女人趋之若鹜。珍妮特·韦尔以前常跟学生会主席厮混，不过后来吉米·麦克贝思有了喝酒不要命的名声，她又陪了他一两天。后来《大鼻子情圣》这部电影让大鼻子走红，她又跟我好上了。很多女孩子喜欢我，是因为我象征着某种东西。从某些方面看，这是一种耻辱，不过从另外一些方面看，这未尝不是一种幸运。你觉得珍妮特怎么样？"

"我不认识她。"

"她看起来像蒙娜丽莎,只不过腿更漂亮。昨晚她邀请我去她的房间,告诉我她爱我。"

"哦,**上帝**。"索敲打着自己的额头说,仿佛那是一道锁住又焊死的大门。德拉蒙德伸了伸胳膊,打了个哈欠。"是啊,我也觉得尴尬。向你表白爱意的女孩期待着各种各样不合理的事情,比如诚挚的心意,作为交换。不过我们还是度过了一个愉快的夜晚。你要知道,她是个处女。我以前看到她跟那么多男的交往过,所以我本没想到。我小心留意,没有破坏它。我喜欢童贞,只为取乐就把它破坏掉,未免令人遗憾。不过我觉得,她早晚要让我把它收走。处女的心思总是单纯得很。"

"我要去上厕所。"

两小时后,索没精打采地倚着门口的栏杆,望着最后一批跳舞的人独自一人或成双成对地离开。他已经把学位帽和晨衣收进了储物柜。德拉蒙德还是一副吸血鬼德古拉的装扮,在人行道上蹦蹦跳跳,身边的友人发出阵阵笑声。

"我一定要找个女人带回家,"他说,"我一定要把**某个**女人带回家。洛娜,洛娜,洛娜!"

他试图搂住一个女孩,女孩从他的臂弯下面溜了出去,笑着说:"今晚不行,艾特肯,今晚不行!"

一个身穿蓝外套的女孩走出来,站定了,茫然地望着道路两端。德拉蒙德彬彬有礼地拉起她的手，说："我们送你回家吧，玛乔丽。"

女孩脸上挤出愉悦而狡黠的笑容。她说："抱歉了，艾特肯。我父亲正在开车过来接我。"

"给他打个电话，说不定他还没动身呢。跟他说，我们送你回家。我拉着一只手，邓肯拉着另一只。有两名护卫陪同，保你安全无忧。"

女孩犹豫不决。

"现在才十一点半。今晚也挺暖和的。"德拉蒙德的口吻温和中透着迫切。

"好吧。"女孩说。她很快地冲着索笑了笑，进屋去打电话了。

"玛乔丽是个好姑娘，一个真正的好姑娘。"德拉蒙德语调婉转地说，"我不明白，为什么人们总觉得我就不能喜欢上好姑娘。"

索冲着天空打起了哈欠。能看到一两颗星星。他说："晚安，艾特肯。"

"别走啊，"德拉蒙德连忙说，"你不**喜欢**玛乔丽吗？"

"那不是重点。"索说。但玛乔丽出来的时候，德拉蒙德拉着她的右手，索拉着她的左手，轻轻地、小心地握着它。它小小的，隐隐透着暖意，既不干燥也不算太湿，索对它十分在意。

他们一边走，一边闲聊，穿过小山的拱门，沿着跨越凯尔文河、反射着路灯灯光的电车钢轨,走进一片布满树木和排屋的街区。走过大学之后,他们听到响亮的犬吠声,只见一条黑狗转过一段弧形的人行道,朝他们跑来。

"是吉比!"玛乔丽说,她蹲下身,把狗头搂在大腿上。"你好吗,吉比?嗯,吉比?乖狗狗,吉比。"她小声说着,用双手摩挲着它的脸颊。狗儿呼呼直喘,把舌头伸出来,冲着她咧嘴笑,双眼紧闭,透着欣喜。她站起身,狗儿沿来路蹿了回去。他们尾随其后,最后看到一位高个子、有点笨拙的女士,站在一道树篱的门边。她露出和蔼可亲的笑容,把手先后伸向两名学生。

"哦,我以前见过你,艾特肯,对吧。这么说这位就是邓肯。你好,邓肯。谢谢你们俩一起护送我们的小女儿平安回家。我丈夫正在掉头,送你们回市中心。你们都不住在这附近,对吗?"

一辆小轿车贴着路边条石,向他们缓缓驶来。车停了下来,后门被推开了。他们向玛乔丽和她母亲道别,钻进了车子。

尽管玛乔丽只是给了他一些友好的目光,握了他的手,但索整个周末都在清理衣服上的颜料污渍,还开始在睡前刷牙。星期一,他跟朋友们站在主楼楼梯上,她从旁边快步走过。索跟着她走过门厅,穿过街道,走进附楼,她唱着歌,出人意料地拐了几个弯。她的歌声在一条看不到的走廊里回荡着，最后在远处传来"砰"的关门声之后消失了。索站了一会儿，好像还在听。那首歌曲调优美，但并没有明确的调子，一连串悦耳的音符就像鸟儿的啼啭一样随意。在楼梯上的时候，他瞥见了她喉咙的侧影，那道轮廓就像撩动的琴弦般振动着。他感到受挫，不知道该不该有受辱的感觉。她肯定知道他在后面跟着——为什么她不停下脚步？不过他也可以快走几步，走到她的身边——为什么自己没有走快些呢？

中午在食堂排队的时候，她在他前面几个位置，她微笑着举手问候。他点了点头，若无其事地望向别处，三分钟后，他貌似偶然地来到她身边。他等待着，她注意到他，露出了笑容。她说："哈啰，邓肯。你好吗？"

"挺好的。你好吗？"

"哦！挺好的。"

愉快的轻笑声表明，不是他逗她发笑，而是他们能在这儿交谈，这本身让人高兴。他说："星期五我们一路同行，我感觉不错。"

"我也觉得很不错。"

"艾特肯是个好伙伴。"

"你也不差啊，邓肯。"

一阵危险的沉默在他们之间蔓延开来。他深吸一口气，打破了沉默。

"我可以……到你们那桌吃饭吗？"

"当然,邓肯。"

她的笑容那样和善,让索觉得自己并没有说出什么让人为难或奇怪的话。他们端着盘子在一张桌子旁坐下,在珍妮特·韦尔和另外两名讨人喜欢的女生旁边用餐。他吃得挺开心,因为跟好几个女生聊天,要比只跟一个女生聊天来得轻松,不过珍妮特去买烟之后,他凑到玛乔丽身边,他的脸变红了。

"可不可以……哪天晚上带你去看电影?"

"当然,邓肯。"

"明晚可以吗?"

"可以……我觉得行。"

"我七点左右给你打电话,行吗?"

她隐隐地皱了皱眉。"我……觉得可以,邓肯。行。"

第二天晚上,喝完茶之后,索从衣橱里取出一件蓝色的细条纹双排扣西服,这是邻居家送的,他们家的儿子已经长大,穿不下这件衣服了。索说过,因为它是商人和美国帮派分子穿的那种西服,所以他永远都不会穿,这话激怒了他母亲。这天晚上,他穿上这身衣服,把一条洁白的手帕塞进胸前口袋,就出发去玛乔丽家了,他还在路上买了一盒巧克力。乘上巴士之后,他的心怦怦直跳,膝盖直抖,但进入她住的那片街区之后,他找不到那栋房子了。它在一列弯曲排屋的末端,但这里有很多同样的排屋。他到处找电话亭,想从通讯录里查出她的住址,最后在码头附近找到一个，等他把电话簿拿到手，才发现自己不知道玛乔丽姓什么。他用拳头猛敲了一阵自己的额头，然后给麦卡尔平打了个电话，麦卡尔平说："她父亲是莱德劳教授，在吉尔摩山那边研究生物化学。我给你查查地址。你听上去怪……心烦的。"

半小时后，索按响门铃，莱德劳太太给他开了门，说："进来吧，邓肯。"

索原本对找到地方已经不抱希望，此刻他觉得，自己的到来有些不太真实。他说："抱歉我来晚了。我迷路了。"

"你来晚了吗？玛乔丽还在楼上做准备呢。"

客厅里有发亮的深色家具和装在镀金画框里的深色风景画。一根高尔夫球杆和一把伞放在巨大的蓝色陶制花瓶里，在打过蜡的地板上，一只高尔夫球用绳子拴在一个橡胶垫子上。莱德劳太太领他走进一个房间，壁炉里燃烧着明亮的火焰，她打开灯。一名大块头的男子从扶手椅里起身，语气和蔼地说："你好吗？"

索说："您好。"

"这是玛乔丽的父亲——哦，上个星期五你们已经见过了。坐吧，你们都坐，我去看看，能不能催我女儿动作快点。"

索坐了下来，尽量显得轻松一些。当初在车里听教授说话，感觉他像个小个子职员，但在这里，他那安详的声音越发衬托出他那温文尔雅的大块头。他俯着身子,用一根手指挠着小狗吉比的耳朵,吉比四爪摊开地趴在壁炉地毯上。

"你打高尔夫吗?"教授语气和蔼地问。

"不打。不过我父亲打——我是说,他以前打过,在战争时期。不过他最主要的爱好还是爬山。"

"噢。"

索清了清喉咙说:"我在中学时学过一些打高尔夫的课程,但这样运动需要细心、专注,讲求精确,我的准备还不够充分。"教授说:"是啊。这是一项需要……耐心的精密运动。"

他们沉默下来,直到一只黄色的小虎皮鹦鹉"啪嗒"一声落在索的肩头,它说:"快点,玛乔丽!善良的丘吉尔老先生!快点,玛乔丽!"

索说:"啊。一只虎皮鹦鹉。"

"没错。我们叫它乔伊。我肯定在大学附近见过你。"

"我有时候在医学系大楼里写生。"

"为什么?"

"为了看一看人体的内部结构。当然,还有死者的样子。"

"为什么?"

"因为跟你不敢看的东西共享一个世界是愚蠢的。您瞧,我愿意喜爱世界、生命、上帝、大自然,等等,但我做不到,因为有痛苦存在。"

"痛苦并不会带来什么问题。它能警示个体他们是有缺陷的。"

"哦，我知道通常来说，痛苦对人们是有益的，"索说，"不过对于生出脸庞长在头顶、没有四肢的婴儿的女人，痛苦有何益处？对于那个婴儿，痛苦又有何益处？"

"我在细胞层面研究生命。"教授说。

片刻之后，教授和索同时开口："玛乔丽她——""跟我说说高尔夫——"

"抱歉，您刚才说，"索说，"玛乔丽她？"

"在学校里学得怎么样？"

"我……我不知道。她上几年级？"

"我想，是二年级。"

"那她应该学得不错。"索说。"二年级生很少有留级的。"他补充说。

"我还以为你在她班上呢。"教授说，话里隐隐透出敌意。

"其实不是。"索冷淡地说。

玛乔丽跟母亲一起进了屋。她穿着花裙子，戴着长长的耳环，胸脯显得比平时更挺拔。虎皮鹦鹉拍打着翅膀，飞到她肩上，叽叽喳喳地叫道："快点，快点，玛乔丽！善良的丘吉尔老先生！"

她脸红了，面露笑容。

"调皮的乔伊总是泄露秘密。"莱德劳太太说。

"抱歉让你等这么久，邓肯。"

"我也来晚了。"索说。

"你们俩这就出发吧。"莱德劳太太和蔼地说。她站在门口,望着他们下坡。索觉得自己就像跟妹妹一起上学的孩子。来到人行道上,玛乔丽犹豫了一下,紧张不安地说:"邓肯——我希望你别生气——当我跟你说,今晚可以跟你一起出去的时候,我忘了我已经约好了,要去看望一个朋友……她人很好……可以让她跟我们一起去吗?她住得很近。"

"当然!"索说,他用热情的交谈来掩饰痛苦的心理调整。他们来到隐没在厚实树篱中的一道门前,玛乔丽小声说,她去去就回,把他留在了外面。夜里很冷,人行道上的冰霜在路灯下闪闪发亮。索听到一扇门打开了,还有玛乔丽的轻声细语,然后是另一个人阴沉的嗓音。最后门关上了,玛乔丽带着眉心皱起的浅浅竖纹,回到他身边。

"不好意思,邓肯——她来不了了。我想,她也许感冒了。"

"别为这担心。"

她礼貌地一笑。笑容在她嘴角牵出的皱纹,让索感到心神不宁。如果她经常这样笑,再过十年或十二年,这道皱纹就会在那儿固定下来。

他们赶到时,电影已经开场了。其中的爱情场面让他对身边的玛乔丽颇为在意。他往她那边靠过去,但她坐得笔直,直视前方,这让他有些气馁地拿出巧克力,无奈地每隔一段时间,就往她嘴里塞一块。电影结束后，附近的咖啡馆门外都排起了长队，于是他们登上了回家的电车。他坐在上面那层，望着她映衬在黑色车窗上的面容和喉咙那纯洁的轮廓。它们令他心中充满喜悦和恐惧，因为他将要跨越这些轮廓，而且他的时间已经不多了。他绝望地盯着她看，试图通过这种紧盯，弄清该怎么做才好。羽毛般的褐色眉毛下面是她低垂的眼睛，她的嘴巴显露出迷惘而疏远的气质，但她的下巴结实有力，她那头褐色的头发在脑后扎成了扁平的发髻，一只耳朵的尖稍若隐若现，就像贝壳精致的截面。她转过头，用探询的神情望着他。汗水从他的额头滴落下来。

"我可以……拉着你的手吗？"

"当然，邓肯。"

"很奇怪。当我提要求的时候，我通常能够肯定你会答应，但我还是会冒出汗来，就好像我毫无机会一样。"

她忍着笑，喉咙随之颤抖着。

"是吗，邓肯？"

牵手带来的愉悦只是象征性的，但两人的肩膀轻柔地连接在一起，寂静与松弛流进他的心里，有那么一会儿，他的心灵沐浴在虚空之中，不再为他们到她家以后该怎么做而烦恼。

他们在花园大门那儿停住脚步。她突然闭上眼睛，仰起脸庞。他把嘴唇放在她的嘴唇上。过了片刻，她退开了,说:"晚安,邓肯。"

"晚安——我们明天见,好吗?"

"好的,明天见。晚安。"

索满怀心事地往家走,因为最后一班电车已经开走了。严寒把人行道冻得硬邦邦的,他的脚踩在发亮的人行道表面,咯吱作响。翻过大学旁边的小山,群星的清晰让他感到惊讶。它们不像是用点画法在天穹内里画上的光芒,更像是悬挂在不同高度的黑暗空气中的巨大枝形吊灯。他隐约感到快乐,但也隐约感到迷惑和乏味,还很冷。那个吻并不意味着什么,并不像书籍、电影和流言蜚语所讲的那样令他满心期待。是他的错吗?还是玛乔丽的错?这重要吗?他回到家,上床去睡了。

天光乍亮,他站在亚历山德拉公园的高尔夫球场上,聆听着一只云雀在头顶灰蒙蒙的空中啼鸣。鸟鸣戛然而止,鸟儿的尸体砰地掉在他脚边的草坪上。他穿过通往大门的小径上落满的麻雀和乌鸦,往山下走去。在亚历山德拉广场,一辆貌似空无一人、接送工人用的电车吱吱嘎嘎地驶过一道道交通灯。他望着交通灯由红变黄,再变绿,然后又由绿变黄,然后熄灭了。那辆电车停了下来。

并不是所有生命都瞬息消亡了,因为伏地生长的植物以最后冲刺的劲头,开始了反常的生长。常春藤沿着乔治广场上的斯科特纪念碑攀缘而上，爬到了诗人头顶的避雷针上，随后叶片凋落，圆柱被包裹在像骨头一样又白又硬的纤维之网里。苔藓覆盖了人行道，索在城中独自穿行时，脚下的苔藓纷纷化为齑粉。索很开心。他望着出售色情读物的店铺橱窗，无须在意是否有人旁观，他骑着自行车穿过画廊的重重走廊，一边唱着歌，一边颠簸着骑下正面的台阶。他在公共场所支好画架，用巨大的画布描绘楼宇和枯树。每画完一幅，他就把它丢在对应实物的前面。天气变化也消失了。没有了风，也没有了雨。天空总是灰蒙蒙、暖融融的，总是下午三点来钟的样子。

他坐在爱丁堡霍利鲁德宫的庭院里，描绘着亚瑟王座山的风景。一只声音刺耳的鸟嘴在他的左耳用恼人的调子耳语："这完全是玛丽女王记忆中的样子嘛。"

一个白色斑点出现在峭壁高处，向着庭院南门一路行来。他心中满是沮丧。他趴在画布上，用脸贴在上面作画，决心谁也不见。一股寒战传遍他的全身，他知道她把手放在了他的颈背上。他试着忽略她，但在她痛苦眼神的注视下工作，令人不堪忍受，于是他用手示意她到画架前站好。她照办了，以为他要把她纳入画面之中。他掏出步枪，朝她射去。她用责备的目光盯着他，然后分崩离析，崩解成粪渣。

巨大的甲虫出现了。城里到处都是甲虫。它们有五英尺长,体形如同划艇,头上长着触角,肚子上还长着嘴巴。每栋楼里都有它们的身影,它们把家具和死尸纷纷抛出窗外。它们畏惧开阔的空间,总是小步奔行穿过。在一堵墙和人行道构成的夹角里,索蜷伏在两只甲虫中间,它们在他头顶不感兴趣地摇曳着触角。因为它们没长眼睛,所以它们还以为,像它们一样伏地奔行的索是它们的同类。

索打着冷战醒了过来,这让他在床上待了一周之久。

第24章 玛乔丽·莱德劳

对玛乔丽的想念把康复期也变得颇为甜蜜，他满怀渴望地回到了学校。又一次，他站在楼梯上跟麦卡尔平和德拉蒙德聊天时，她从旁边走了过去，没有注意到索挥手叫她。他目瞪口呆地望着她的背影，不知道自己是否应该追上去碰她一下。她肯定看到他了！为什么要装作没看到呢？难道是他的错？也许他们一起外出的那天晚上，他惹得她厌烦了，或者让她失望透顶，无法原谅他了。一小时后，在校园商店，她说："哈啰，邓肯！"她站在那儿望着他，面带羞涩、欢快、开朗、愉悦的笑容。

"哈啰！"他说，高兴地回望着。

"你生病了吗，邓肯？"

"有点。"

"真是遗憾。"

她依然面带微笑，但她的声音流露出同情。

随后的几个星期，她带给他的快意和不满与日俱增。他向她说起他在开尔文格罗夫公园周边与人合用的一间画室。

"那是个大阁楼，大家把租金分摊开之后，每周只花几先令就行。星期五的晚上，我们放了学就过去，轮流做一顿大餐。其他人大多要靠女友帮忙，但肯尼思厨艺了得。上个星期，他做了西班牙洋葱汤，上面放着烤面包。下个星期轮到我了，我准备做羊杂碎香肚。阿盖尔街上有家店，卖的材料量大价优，再配上土豆和芜菁，味道很不错。然后我们关上灯，在炉火边放唱片，有爵士乐和古典乐。你真该过来看看。"

"听起来很棒，"她叹息道，"真希望我能来。"

"为什么不能？"

"嗯……星期五我总要去见一个朋友。"在茶歇和午餐时，他们坐在食堂里，或者去咖啡馆，总是牵着手、说着话回来。他参加了学校的合唱团，因为她在那儿唱歌，练习到很晚之后，他们一起走回她家。在花园大门那儿，谈话往往戛然而止，他们的嘴巴像进行仪式似的一触，她轻声细语地道一句"晚安"便溜走了，只留下他像他们初次接吻时一样感到挫败。当他们一起离开学校时，她总会小声说"抱歉，我离开一分钟"，然后溜进女厕所，让他在外面等一刻钟。如果他跟朋友在一起，她从不跟他打招呼。这些侮辱郁积出了满腔怒火，当她冲他微笑时，它们又都烟消云散了。当他们的身体偶然接触到一起时，就会有一股宁静的气流从她那儿注入他的身体，让他觉得自己在接触玛乔丽之前，从不知道休息为何物。原先他的情绪最平静的时候，也充满了恐惧、希望、欲望和回忆，它们在冲突中制造出不和谐的想法和言语。她的触碰会令它们归于沉寂，让他在一段时间里，只能意识到手或膝盖传来的按压、身边的玛乔丽、屋顶上的阳光或者透过窗户看到的一朵云。这种情况并不经常出现。他最常感受到的乐趣是清晨的散步，一边听着鸽子在烟囱管帽中间咕咕叫，一边想着自己就要见到她了，心里暖暖的。在这样的时候，一旦有了文思，对玛乔丽的记忆就会把它们编排成言语。他会写一些诗，在学校的走廊上把它们的副本偷偷塞进她的手里。他开始梳头、刷牙、擦鞋，每周更换两次内衣和更换四次衬衣（这让负责清洗的索先生感到烦恼）。他穿着细条纹西装去学校，用松节油洗去污迹，尽管这会让他的皮肤暂时生出疹子。他跟其他女孩相处时，也变得更幽默风趣。他觉得她们对他挺感兴趣。

一天晚上，放学后，他看到她在附楼外的一伙人外围。她笑着举起手打招呼，他说："记得今晚的安排吗，玛乔丽？"

她变得激动而苦恼。"不，邓肯……邓肯，我想我……我肯定我今晚有事要做……这不是借口，我确实有很多工作要做。"

"那没关系。"索亲切地说。他走进食堂，发现麦卡尔平独坐一桌。索坐下来,把双臂交叠在桌面上,把脸埋了进去。"她真该死。"他闷声闷气地说,"她真**该死**。她真**该死**。她真**该死**。"

"这回又怎么了?"

索解释了一番。麦卡尔平说:"她在害怕你。"

"这不可能。我又没有攻击性。就算在自慰的幻想中,我也从未想过要残酷地对待**真实的女孩**。"

沉默片刻之后,麦卡尔平说:"不妨设想一下,你文静、羞怯、相当传统,刚从一所中产阶级的私立中学毕业不久,这所学校本身就以打造优雅的年轻女士为荣。你在被一名聪明、特别的男生追求。他彬彬有礼,但他的衣服和头发上沾有颜料,他呼吸粗重,他的皮肤经常……嗯……出现有趣的医学状况。你会作何反应?记住,你在被抚养长大的过程中,受的教育是不要伤害别人。"

索说:"这一点我也考虑过了。下次我们见面的时候,我冷淡地冲她点点头,她就会变得特别好奇、迷人。她会提议我们一起喝咖啡。嗯,她想要我。多多少少。有时是这样。"

"也许她就是性子冷。"

"她当然性子冷。我也一样。但没有谁能一成不变,就算是冰块,只要摩擦久了,肯定也会融化。也许她并不是性子冷。也许她另有所爱。"

"她是个诚实的人,邓肯——我可不相信她有别的什么人。"

"是吗？我也不相信，只是……每次我看到她，她都变得漂亮很多，我觉得她肯定爱着某个人。"

麦卡尔平说了句"是吗"，抬起昏昏欲睡的眼皮，斜着瞄了索一眼。

索坐在往家开的电车顶层，随着他与她拉开的距离越来越大，他对她的怒气也越来越强烈。有个声音说："哈啰，邓肯。"

过了一小会儿，他才认出是琼·黑格，她正要下车。他站起身，跟在她后面，说："哈啰，琼。你是个坏女孩。"

"哦？为什么这么说？"

"去年，你害得我在佩斯利角白等了整整一小时。"

她冲他惊讶地一笑。"是吗？哦，对。当时我有事。"

他看得出，她不记得了。他咧嘴一笑，说："别担心。重点是……"——电车停了，他们穿过路面，来到人行道上——"重点是，如果我们再约好见面的时间，你还会忘记吗？"

"哦，不会的。"

"不，你还会忘记，如果我们不早些见面的话。明晚在佩斯利角见怎么样？七点左右？"

"好啊，到时见。"

"好。我会去的。"

他转过身，很快走回了家。琼似乎在他心里唤起了某种性幻想，但他一次也不曾脸红或口吃。他觉得纳闷：为什么这种唤醒让他感到平等，而他对玛乔丽的感觉，让他觉得自己矮了一头。他在客厅里来回踱了一会儿，然后说："爸，明天晚上我要带一个女孩出去玩。我想让你给我五镑。"

索先生慢慢转过身，盯着他看。

"这是个什么样的女孩？"

"她是什么样不关你的事。我想要自由和慷慨一些。几个先令会让我一直小里小气、精打细算，我一点乐趣也得不到。我需要享受乐趣。"

"你打算多久享乐一次？"

"我不在乎。我不知道。我只考虑明天晚上的事。"

索先生挠了挠头。"你的助学金是每年一百二十镑。我要用这笔钱供你吃、穿、住、买画材和零花。你不肯在假期里打工，因为那会影响你的艺术性的自我表达——"

"别跟我说什么自我表达！"索语气激烈地喊道。

"要不是我有比这个烂**自我**更好的东西可表达，你觉得我还会画画吗？倘若我的自我是用像样的材料造就的，我自然可以轻松自如地与之相处，但自我**嫌恶**总是逼迫我去外部寻求真实、真实、真实！"

"对这一点，我说不清道不明，"索先生说，"但我知道结果。结果就是，我辛辛苦苦地工作，好让你画画。现在你想把我周薪的四分之一还多，拿去寻欢作乐。你把我当成了什么样的傻瓜？"

过了一会儿，索说："以后，我会自己处理我的助学金。我知道你不介意我睡在这儿，不过我尽量不再要求别的好处。"

"你可以试一试，但你会失败的，因为你非常不切实际。不过好吧，好吧。不管怎样都试试看吧。"

"谢谢。再过两个月，下一笔助学金才会发下来。请给我五镑吧，爸爸。"

他父亲严厉地看着他，然后掏出钱包，把钱递给了他。

第二天晚上，索在佩斯利角的商店门口等了十分钟，他知道琼不会来了，但他四肢和心脏里的麻木感让他又等了一个小时。一名身穿肮脏外套的跛脚老汉凑过来要钱。索恼恨地瞪着那双充血的眼睛、歪扭而无助的嘴巴、缠结在一起还沾着唾液的胡须。他想不出自己凭什么就该拥有一张五镑的钞票，而这个人就不该有，于是他把钱递过去，快步走开了。他感到自己的灵魂遭到了蓄意的毁损，却又不能归咎于任何人。他无颜去面对父亲，便走向考卡登斯，爬上楼梯来到德拉蒙德家，推开门走进厨房。

德拉蒙德和珍妮特·韦尔分别坐在厨房两侧，瞅着壁炉地毯上的一只板条箱。橘猫趴在盖着板条箱的一块玻璃上，盯着箱子底部置身于奶酪硬皮中间的两只小白鼠。德拉蒙德说："哈啰，邓肯。小橘在看它的电视。"

"这是怎么回事?"索说。

"昨天我母亲来看我们。她给猫带了这些老鼠作为礼物,因为昨天是它的九岁生日。我和父亲把它们从她手里夺走了。"

"现在小橘坐在这儿,眼巴巴地守着它应得的猎物。"德拉蒙德先生说。他躺在壁床上,棱角分明的鼻子上架着眼镜,头戴布帽,一本打开的馆藏书支在膝头的棉被上。珍妮特颤抖着说:"这当然很残酷,它就在它们头顶上待着。"

德拉蒙德说:"什么?泡茶,邓肯看起来怪累的。这些老鼠几乎是瞎的,邓肯。如果说有谁在遭罪,那也非小橘莫属。"

德拉蒙德离开了房间,又拿着一幅自画像回来,画中的他在台球桌旁边给一根球杆擦粉。他把画支在餐具柜上,拿起颜料和画笔,开始修改那些球的位置和编号。空气中弥漫着好闻的亚麻籽油和松节油味。德拉蒙德时不时地往后站,说:"这样如何,邓肯?"

珍妮特递给索一杯茶和一个培根三明治,吃喝完毕之后,他开始给她画像。她蜷缩在炉火旁边,猫待在她的大腿上,浓密的头发围拢着她的小脸。她看起来很像玛乔丽,但玛乔丽的举止有着孩子般的无忧无虑,而珍妮特好像感到别人在盯着她最私密的部位看。

"现在几点了?"索说。

"我不知道。"德拉蒙德说,"家里没有一只钟靠得住,起码还在走的那些是不行。可惜妈不在家。她能用各种东西,比如飞过的飞机,估计出时间来。不是吗,爸?"

"什么?"

"我说,妈总能说出时间。"

"哦,是啊。早上,她会在床上摇我的肩膀。'赫克托!赫克托!四点十分了。斯图尔特太太去面包房上班了——不管在哪儿,我都能听出她的脚步声。'或者是:'差一刻八点了——我能听到两条街以外,埃利奥特的送奶车传来的马蹄声。'"

"您知道几点了,德拉蒙德先生?"索说。

德拉蒙德先生拾起正面朝下搁在床尾一堆书上的闹钟。他把它举到耳边摇了摇,又小心放下,说:"表针已经不走了,再说它也不可信。"他闭上眼睛,张开嘴巴,仰面躺在枕头上,最后断定:"已经半夜了。"

"那电车已经停了,你今晚只能留下过夜了。"德拉蒙德说。

"电车没停。我能听到它们的声音。"珍妮特说。

"你就不能一直闭着嘴吗?"德拉蒙德粗野地喊道,"真不知道我怎么忍受得了你!你简直是典型的……典型的……邓肯!你该不会让这个女人牵着鼻子走,离开我家吧?"

"不。我要回家上床去。晚安。"

德拉蒙德跟着索走进门厅。"讲讲道理好吧,邓肯。你干吗要上床?"

"睡觉。"

德拉蒙德站了起来,叉着胳膊,把他的黑眉毛挤到鼻梁旁边,用坚定而平静的口吻说:"我告诉你,不要走出那扇门,邓肯。"

"哼!当你不得不发号施令的时候,就有些差劲了。"索说,但他徘徊不去。"为什么我**不**应该走出那扇门?"他哀怨地问。

"因为你最好不要。"德拉蒙德说,他引领着索回到厨房。

"我太软弱了。"索说着,坐在炉火旁边的一把椅子上。"**不,我真该死!**"他喊道,跳了起来,"为什么我应该服从你或任何人的命令?晚安!"

"珍妮特,让他留下!"德拉蒙德说,"告诉他,夜里这个时候回里德里是愚蠢的。"

"我认为你应该留下,邓肯。"珍妮特说。

"好吧,如果你确定的话……"索说着,坐了下来。自从等待琼以来,他第一次感到放松和愉快。

索画草图,德拉蒙德着色,他们闲聊,即兴编笑话,有时一连好几分钟都在哧哧地笑。他们无精打采的时候,珍妮特就会泡茶。他每次画她,他的手都会活动得越发轻松,连带着描绘出周遭房间的更多面貌。那种感觉就好像珍妮特的身体在放光,照亮了周遭的物品,把杂乱无章的家具、在餐具柜上作画的德拉蒙德、时而看书时而打盹的德拉蒙德先生,甚至还有桌子上不新鲜的面包屑，组织成了某种精妙的和谐。她在他聚精会神的目光下轻松地静坐着。有时候，她的眼睛会回望一秒钟，然后又悄悄瞥向一旁的德拉蒙德。索说："你就像一朵被踩在脚下的花，珍妮特。"

"这话是什么意思，邓肯？"

"你又美，又遭到忽视，外表变得乱糟糟的。"

"别鼓励她，"德拉蒙德冷酷地说，"你不知道她这是故意的吗？说不定她想让学校里的女生以为我打她。"

"你为什么总是非找碴不可？"珍妮特说。

"我为什么……？你为什么总是非找碴不可？蠢货！"德拉蒙德用近乎和善的口气说，因为他在盯着自己的画看。他去掉好多球，只留下一枚白球，他问："这样如何，邓肯？"

"不错。不过我更喜欢配上更多的球。"

德拉蒙德皱着眉头看着那幅画，从抽屉里取出一把锯，锯掉了有台球桌的那部分画面。他把自画像放在壁炉架上，问："这样如何，邓肯？"

"更完美了，但也更没价值了。"

德拉蒙德说："泡茶，珍妮特。"

他从餐具柜底下抽出一个小镀金画框，衡量了一下大小，又锯掉了画里的脑袋，把它装进了画框。他把它挂在墙上，往后站了站，叉起胳膊、歪着脑袋端详着它。他说："更完美吗？你说得对，邓肯，它更完美了。没错，我对我夜里完成的作品很满意。"

"完全是一派胡言!"德拉蒙德先生在床上嗤之以鼻。

"没错,我对我夜里完成的作品很满意。"德拉蒙德说,伸手接过珍妮特端来的一杯茶。

窗外的夜色渐渐淡去,那座乌黑的小教堂塔尖后面的天空里,渐渐融入了柔和的粉色。德拉蒙德打开窗,让凉风吹进来。左边的灰色屋顶上,耸现出大学那仿哥特式的尖顶,然后是点缀着一块块林地的基尔帕特里克山,东面的山坡后面,是遥远而清晰可辨的洛蒙德山的顶峰。索觉得这个想法挺奇怪:在那座丘陵环绕、俯瞰深湖的山顶,拿着望远镜,有可能看到这个厨房的窗户——南边低处的雾霭中闪现的一个光点。朦胧的天空分裂成若干冰山状的云团,其间是耀眼的银光。德拉蒙德先生仰面躺在枕头上,张着嘴巴发出喘息般的鼾声。

"乳品店现在应该开门了。"德拉蒙德说,"珍妮特,这是半克朗。去买点好吃的当早餐。邓肯和我准备上床睡觉了。"

索和德拉蒙德走进一间屋子,中间搁着一张展开的沙发床。他们脱到只剩内衣,再脱掉袜子,用粗糙的毯子裹住身体。他们听到珍妮特回来了,在厨房里忙碌着,然后她端着三盘奶油炖梨进了屋。她在床沿吃东西,索和德拉蒙德躺下时,她裹上一件卡其色的大衣,躺在他们的脚踝上,猫蜷缩着,趴在她的肚子上。索睡眼蒙眬地说:"要是我在家,这会儿应该起床了——"

突然,他脑海中闪过一个画面,不是琼·黑格,而是玛乔丽的画面。他想象着她的乳房在一只富有技巧的手中颤抖,一下子坐了起来,说:"珍妮特!你是玛乔丽的朋友。她是不是另有新欢?"

"我觉得没有,邓肯。"

"那她有什么毛病?她有什么毛病?"

"我觉得她太满足于待在家里,邓肯。跟爸妈待在一起,她很开心。"

"明白了。她爱上了她的父母。她没有通过教我做成年人来学着做成年人,而是窝在家里悠闲享乐。哦,上帝,如果你存在的话,就**伤害**她吧,**伤害**她吧,上帝,让她只能在我这里找到慰藉,让生活就像折磨我一样折磨她吧。哦,艾特肯!艾特肯!她**怎么敢**离了我却快乐依旧?"

索躺了回去,怒视着天花板。沉默片刻之后,德拉蒙德苦恼地说:"我懂你的感受。"

珍妮特不屑地说:"要是你不明白,我来解释一下,邓肯,他想到了莫莉——**哦**!"

德拉蒙德用毯子底下的脚踢中了她的下巴。她以手掩面,吞声饮泣。他们在各自的不幸中煎熬着,渐渐睡去。

索梦到自己在跟玛乔丽笨拙地通奸，她赤着身子，像女像柱那样直挺挺地站着。他骑跨在她的屁股上，用双膝和双臂夹着她的身体两侧，让自己悬挂在空中。那具冰冷僵硬的胴体起初无动于衷，后来它渐渐开始摇摆起来。他萌生出淡薄而孤独的胜利感。

他下午很晚才睡醒。他把脚从珍妮特身子底下慢慢地抽出来，没有惊动她，他拎着衣服进了厨房，在水槽边洗漱了一下，穿好衣服，给板条箱里的老鼠喂了水和奶酪，把头天晚上完成的画作卷好。往正门走的路上，他往卧室里瞥了一眼。珍妮特不再躺在床脚，毛毯下面在活动。在巷子里，他遇见了从宾馆回来的德拉蒙德先生，高高的个子，戴着眼镜和布帽，敞开的雨衣衣襟下面是锅炉工的工作服。

"你好，邓肯。你该不是要走吧？我正要做晚饭。我带了一些鳕鱼子。"

他指了指夹在腋下的一个小纸包。

"不用了，谢谢，德拉蒙德先生。"

"嗯，这是厨师送的一份礼物。既不是我偷的，也不是我买的。你确定不来点？"

"不了，谢谢。如果再回您家，我怕我再也走不了了。"

德拉蒙德先生笑了，开始给一个短柄的烟斗装填烟丝。"你是个读书人，对吧？"

"对，我常看书。"

"我也有这个爱好。我试过,把艾特肯也培养成读书人,结果失败了。你知不知道他是怎样通过英文考试的?"

"不知道。"

"我看了他的教科书,司各特、简·奥斯丁之类的作品,把故事情节讲给他听。你瞧,他能记住他听到的一切,但他这辈子从未从头到尾看完一本书,除非是艺术类的。因此,他的思想难免狭隘,对同胞缺乏同情心。他永远也不会成功。不过你会成功的,邓肯。"

"但愿如此,德拉蒙德先生。"

"没错,你会成功的,邓肯。"

被这个预兆所鼓舞,索快步上山,往学校走去,他在门廊那儿从玛乔丽身边走过。他冷淡地点了点头,但她叫住了他,微笑着说:"这一阵你去哪儿了,邓肯?"

"我一直在睡觉。"

"要不要去喝杯咖啡?"

他满心快慰。去食堂的路上,她把手递给他,让他拉着。他心想:"这真是个有趣的世界。"

第 25 章 分手

他从父亲的书柜上取下 1875 年版《苏格兰帝国地名词典》，读道：

芒克兰运河 衔接格拉斯哥市与拉纳克郡芒克兰地区之间的一条人工航道。运河项目于 1769 年提出，旨在确保格拉斯哥居民在任何时候都能获得充足的煤炭供应。市政当局立即聘请著名的詹姆斯·瓦特进行地面勘察，获得了议会准许，得以将这一措施付诸实施，并认购了总股本中的若干股份。工程于 1771 年开工。在运河建成前，该地区的土地相对封闭，矿区产量低下，地表仅有几座茅屋点缀其间。但一旦运河投入运行，仿佛受到魔法的影响一般，该地区的面貌和它带给人们的感受立马为之一变，芒克兰地区建立的钢铁厂令这一变化加快了节奏。公共建筑矗立起来，成千上万的人口随之聚集，富丽堂皇的大厦纷纷出现，这处曾被认为除了微薄的耕种回报再无价值的资产，变成了能泽被后代的富矿。

使用铁路开放这一区域的规划首次提出时，给运河公司敲响了警钟，运河公司生怕运输业务从水运中完全转移出去。这种担忧并非毫无根据，但只是促使公司将收费削减了三分之二，并斥巨资改进了交通条件。新的船闸是在布莱克希尔制造的，其性能堪称英国同类产品中的佼佼者。它们包括两整套四个一组的双线船闸，每套都可以独立运转，加工费用不下30000镑。1846年，芒克兰运河公司与福斯湾和克莱德运河公司整合后，每股的购买价为3400镑。

运河早在他出生之前就停运了。从通商的航道延伸到幽深的乡野，它变成了一片长条状的荒地，让芦苇和柳树、天鹅和水鸡的身影得以出现在市中心。他对"富丽堂皇的大厦纷纷出现"这一说辞感到迷惑。就他所知，城东唯一富丽堂皇的建筑就是运河本身，它是一件用水、土、木、石造就的十英里长的艺术品。他开始画布莱克希尔船闸的速写。

这很难。他知道那两条阶梯状的大河是怎样绕山而下的，但从任何一个水平面望过去，其他水平面都会隐没不见。而且，从底部望过去，最能看出这栋建筑的厚重；从顶部看，则最显宽广。但他想要将这两点等量齐观地展现出来,好让人们的目光能够像探索此地的运动健将一般,自由自在地在他笔下的风景中徜徉。他设计了这样一种透视法:从左往右看画的时候,看到的是由底部呈现的船闸;从右往左看的时候,看到的是由顶部呈现的船闸。他描绘的船闸像是侧躺的巨人所能看到的样子,巨人的双眼相隔要有一百英尺,视角还得倾斜四十五度才行。他根据地图、照片、素描和记忆来作画,他喜欢的种种场景几乎合而为一了,这时一个新问题又冒了出来。

他本打算画上在星期天下午活动的人们:孩子们用罐头瓶捕捞小鱼,一个女人在修剪船闸看守人小屋周围的树篱,一个领退休金的老人在拉纤路上训练一只狗。但船闸此时显得非常敦实,所以他想用船闸构建出某种更为宏大的东西。他翻开《圣经》的最后一卷,读到了讲述战争、饥馑、投机和死亡的最后通牒与宣告,其中提到燃烧的尸体从天而降,毒化了所有的国度。这本书的政见在今天看来,就像在圣约翰[1]和阿尔布雷希特·丢勒[2]的时代里一样新潮。人最后分裂为善恶两个阵营,善良者幸存下来,活在一个奢华的

---

[1] 圣约翰(St. John the Apostle),福音书记载的耶稣十二使徒之一,相传是《约翰福音》《约翰一书》《约翰二书》《约翰三书》《启示录》的作者。

[2] 阿尔布雷希特·丢勒(Albrecht Dürer,1471—1528),德国著名画家,欧洲文艺复兴时期的重要人物。

新世界里，未免不够令人信服，但在危难关头，政治家们往往会这样讲。他把时间从白昼改为薄暮时分，在月亮和从前的小学屋顶之间，画上一枚正在下降的黑色飞弹。它就这么悬在空中，无从落下，下面的人群也无法逃离。他们从拉纤路和桥上逃窜着，聚集在高处，但他们在惶恐逃窜时，并没做出什么残酷行径：做母亲的依然紧抓着孩子，做父亲的护卫着妻儿，在空旷地带，那些独处的人遥指着山坡上的那些门。为了恰当描绘人们的面貌，他对地貌做了很大的改动，快要完成时，又冒出了新的需要。在那么一大群人里，只能看到**典型人物**，他突然想在前景部分画一个真人大小的人物，此人用茫然失措的表情径直望着看画的人，好让看画的人觉得，自己也是那群人当中的一分子。

索停下来思忖一番，因为如果新添加的这个人物要融入画面之中，而不只是粘在外层的话，布局就得全面调整。他的绘画老师，一个认真负责的男人，走过来说："这幅画你还要画多久？你把这学期全耗在这上面了。其他人现在已经完成三四幅画了。"

"我的画比他们的大，先生。"

"是更大。大得荒谬。你什么时候画完？"

"也许下星期吧，瓦特先生。看起来快要画完了。"

"确实。三个星期前，它看起来就快画完了。再往前两星期，它看起来已经画完了。每次你都突然画出大半幅画，然后开始画一幅似乎截然不同的新画。"

"我想出了更好的点子。"

"的确如此。如果你再有什么新点子,就忽略掉它们吧。给我在下周把这幅画画完。"

索不安地盯着自己的脚,低声说:"我尽力下周画完,先生,但如果我有好点子,我不能保证会把它撇开。"——他突然满心欢畅,好不容易才憋住笑意——"要是我那样做了,也许上帝就不再给我新点子了。"

沉默片刻之后,瓦特先生说:"给我看看你的作品夹。"索递过画夹,老师慢慢翻阅着。

"为什么都是些丑陋的畸形?"

"也许我过度强调了某些形状,好让它们展现得更清晰一些,但您不会真的认为我所有的作品都是畸形吧,先生?"

瓦特先生又翻了翻画夹,微微地蹙着眉头,取出一张画有许多只手的铅笔素描。他说:"我喜欢这些。它们都是经过认真观察和仔细描绘的。"

索从画夹里翻出一张透视画法的女性肖像,视角是从脚下往上看。他说:"您不觉得她很美吗?"

"不觉得。说真的,我认为你把她画得很丑,看起来像是饱受折磨。"

索把画胡乱塞回画夹,窘迫地说:"抱歉。我不能苟同。"

"这个我们回头再讨论吧。"老师用低沉的调子说完,就离开了教室。在一旁作画的麦卡尔平抬起头来说:"我听得很开心。我一直在想,你们谁会先哭出来。"

"差一点就是我。"

"注册处主任喜欢你的作品是好事。"

"为什么这么说?"

"真要解释起来,话就长了。"

他们默默地作画,然后索用恳切的口吻问道:"肯尼思,我是不是有些狂妄自大?"

"哦,不。你显然并不喜欢伤害别人的感情。"

第二天早上,在去教室的路上,索碰见了瓦特先生,后者说:"等一下,索!我有话跟你说。"

他们走进一扇凸窗的里侧,在长凳上坐了下来。瓦特先生严肃地咬着下嘴唇,然后说:"我刚刚跟皮尔先生谈起了你。我告诉他,你拒绝了我的提议,这会给其他学生带来困扰和影响,我不想让你留在我的班上。"

索的心沉重而猛烈地跳了起来。他说:"我喜欢您对我提出建议,先生,我喜欢任何人提出建议,但不可拒绝的建议未免名不副实。而且——"

"我们先不谈这个。麦卡尔平告诉我,你在公园附近跟人合用一间画室。"

"对。"

"我请求皮尔先生准许你在那边作画。平时你还来听课,但其他时间你就自己画画。到了学期末,我们再看看你有什么作品。"

索花了一点时间来消化这番话,然后给了老师一个充满喜悦、慈爱和遗憾的眼神,瓦特先生有些急躁地动了动身子,说:"我要问你一个完全非正式的问题,如果你能给出回答,我会很感激,索。你是否有隐约的想法,明白你正试着做什么?"

"没有,先生,不过新的安排会帮我弄清楚的。我今天就可以把我的物品搬走吗?"

"你想搬就搬吧。"

当天晚上,索在家打包他还没带到画室去的书和报纸。他对帮忙打包的索先生说:"我可以把单人床上那张多余的床垫带过去吗?"

"这么说,我看到你的机会比平时还要少了?"

"早上醒来就跟作品待在同一个房间,挺有帮助的。"

"好吧。带上床垫吧。还有床单。还有毯子。既然你真要过去,干吗不带上床?"

"不了。褥子和睡袋很容易卷起来,不占地方。真正的床太浪费空间了。"

"好吧,好吧。不过要是你有时候能回家看看我,而不是只在你需要钱的时候回来,我会很高兴的。"

这番话里饱含着谦抑和苦楚,让索感到前所未有的痛苦。他难过地说:"我尊敬你,爱戴你,爸爸。我甚至喜欢你。但我怕你,我也不知道是为什么。"

"也许在你很小的时候,我们责罚你太多了。"

"责罚……?"

"揍你。"

"你们经常这么做?"

"很经常。你的反应很糟。我们只好给你洗冷水澡,制止你的歇斯底里。"

索觉得这样对待小孩子未免有些奇怪。他用真心实意的话掩饰住了自己的尴尬:"准是我自找的。"

星期六早上,他在中央车站等玛乔丽,因为她答应跟他一起吃午餐,然后帮忙打扫画室。他感到精神饱满,兴奋不已,尽管他知道,她之所以肯来,是因为他请她帮忙,而不是她乐意为之。这是他们第一次在私人场所独处,如果他们考虑结婚的话,她在画室里的表现能让他对她做家务的耐力有所了解。她迟到了一小时五分钟,他没法板起脸来望着她,因为近乎无望的等待把她的出现变成了大大的惊喜。她解释说,她昨晚工作得太辛苦,她母亲认为还是别把她叫醒为好,闹钟也没响。他们去了餐馆,给他们服务的女招待是琼·黑格。

"好久不见,琼。"玛乔丽研究菜单时,索说。

"你好,邓肯。你还在美术学校吗?"她用铅笔末端敲打着深红色的下嘴唇说。她说话时拖着长腔,因为她的口音变成了半英格兰半苏格兰。

"那姑娘甩过我两次了。"琼带着点好的菜单离开后,索说。

"那是什么时候的事,邓肯?"玛乔丽问,看起来挺感兴趣。

"有朝一日我会告诉你的。那是个肮脏的小故事。"索愉快地说。他喜欢让自己显得像个老练的男人,拿自己被女招待甩了的事取趣。他们吃饭时,玛乔丽抬头看了一两次,看到他在专注地望着她,她不自然地微微一笑。他想起他曾觉得这样的笑容不好看。如今它显得颇为可爱,他确信,再过十二年,它带出的那道皱纹也会显得颇为可爱。

"邓肯,"玛乔丽说,"你不会介意吧,如果我……嗯,也许今天下午我得早点离开。"

沉默片刻之后,索干巴巴地说:"如果是这样,那就帮不上什么忙了。"

"不管怎样,我们看情况吧。"玛乔丽含糊地说。

画室是粉刷成白色的狭长阁楼。透过两扇窗,能看到树木、小路和草坪沿着坡道,一直延伸到公园排屋的那些大宅。煤气灶、桌子、沙发、几把椅子搁在房间一头的壁炉旁边。另一头被紧绷在墙上的一张大画布所占据,画布上只画了粗粗几笔,那是更恢宏的布莱克希尔船闸风光。地板中间堆积着尘垢和垃圾,是几个年轻人随意使用房间时留下的。其间摆放着画架、索的铺盖、一个沉甸甸的老餐具柜,里面装满画材。壁炉架上有一个跳舞的农牧神小像,倾斜的天花板上写着几句话。

如果有超过5%的人喜欢一幅画,那就把它烧掉吧,因为它必定是低劣之作。

——詹姆斯·麦克尼尔·惠斯勒

我不会假装懂艺术,但我相信,所谓当代艺术,大多是半吊子懒汉的作品。

——杜鲁门总统

下地狱很简单:那扇黑暗的门日夜开启着。转身回到阳光下,才是应该做的,这并不容易做到。

——维吉尔

人类不会给自己设计出终归无法解决的难题。

——马克思

索生上火,把地毯翻卷起来,扫了扫地,把几箱垃圾丢进垃圾堆,在窗外抖了抖床垫,擦干净窗户。玛乔丽擦了生锈的炉子,刷好锅碗瓢盆,擦干净地板。到六点时,他们忙完了。屋里显得既干净又整洁。

"洗洗手,我们喝茶吧。"索说。他从碗柜里取出碗碟。"排骨。"他说,"洋葱。蛋糕。面包。真正的黄油。果酱。"

"哦,邓肯!真不错!可是……妈妈在等我回去喝茶……"

"跑去街角电话亭,告诉她你在这儿喝。这是打电话的三便士。"

玛乔丽回来时,饭快做好了。他们狼吞虎咽地吃完,洗完餐具,玛乔丽坐在了炉火旁边的沙发上。索偶尔去房间另一端,取回几个夹子。他把它们打开,把里面的东西摊放在她脚边的地毯上:油画、素描和草图、临摹画,还有从报纸杂志上剪下来的照片。

"天哪,邓肯。这么多好作品。你让我觉得自己太懒了。"

他把作品收起来,回到壁炉旁边。外面天快黑了,光亮大多来自壁炉里那一丛丛跳闪、明亮的火苗。玛乔丽仰脸望着他,面带微笑。她双手交叠,放在自己大腿上。索站在桌子旁边,感到这一阵沉默就像是数学课堂上,老师问了一个他回答不出的问题。

"你知道,我害怕你,玛乔丽。"他不假思索地脱口而出。

"为什么,邓肯?"

"我想是因为我……我很喜欢你。"

"我也喜欢你,邓肯。"

更长的沉默。他想用一句玩笑话打破沉默。他用戏谑的口吻说:"你知道吗,前一段时间我真的认为,你在跟另一个男人约会——"

她马上打断道:"哦,邓肯,我本打算告诉你的。我认识了一个大学生,他……有时候带我去跳舞什么的,不过我——我不知道该怎么说,才会不显得虚荣——我认为他……喜欢我胜过我喜欢他。"

"没关系。"索魂不守舍地说。他坐在炉边地毯上,就在她的脚边,他把头靠在她的膝盖上。

"我……哦,我……"他喃喃地说。

他的智力陷入了混沌之中。他用嘴唇嗫嚅着,但只有一两个词发出了声音:他有一次说出了"母亲",紧接着还有"世界",但他完全没有了思想,事后也不记得自己有想过什么。

"而你……"他喃喃地说,伸出手去,好奇地触摸着她的面颊。她略微动了动。"我想,现在我得回家了。"她说。

"当然,"他说着,站了起来,"我刚才在做梦。我送你回家。"

他帮她穿上外套,两人一起下了楼。

索在巷口停下,指着园中树木飒飒作响的侧影说:"我们从公园横穿过去吧。"

"可是,邓肯,大门已经锁了。"

"这儿少了一根栏杆。来吧。这是近路。"他帮她钻过那道窄缝,走下另一侧的路堤。他们的脚步把枯叶踩得窸窣作响。他们穿过幽暗、平坦的草坪,绕过在粗短的冬青树中间水花飞溅的喷泉。两只微微发亮的天鹅在人工湖乌黑的湖水中懒洋洋地划着水,他们听到湖心岛传来一只鹅恹恹欲睡的叫声。凯尔文河上有座宽桥,两端竖着形如枝状烛台、带有方形基座的铁制路灯,灯都没亮。索把胳膊肘支在栏杆上,说:"听。"

旁边,一轮近乎满盈的月亮因为榆树的叶盖披上了斑驳的叶影。河水轻轻拍打着泥岸,汩汩作响,远处的喷泉发出清脆的水声。玛乔丽说:"蛮可爱的。"

他说:"有那么一两次,我感受到了这样的时刻:平静、和谐,还有……还有欣喜,这些似乎是最关键的。你有过这样的感受吗?"

"我想有过吧,邓肯。我有一次跟朋友们一起去坎普西丘陵,结果跟他们走散了。那是个温暖的好天。那时我多少体会到了那种感觉。"

"但这样的时刻必须在孤独的时候才能拥有吗?爱情就不能让我们跟别人一起享受这些时刻吗?"

"我不知道,邓肯。"

索望着她。"嗯。走吧。"他友善地说,"请挎着我的胳膊。"

过了桥,分出了两条岔路,一座卡莱尔纪念碑矗立在岔口处。那是一根粗糙的花岗岩柱子,顶端雕刻着这位先知的胸像。月光像白霜一样洒落在他的眉毛、胡子和肩膀上,凹陷的双颊和眼窝则显得乌黑。索摇晃着空着的拳头,喊道:"回家去吧,你这探子!回家去吧,你这民主的叛徒!……我去哪儿,他都跟着我。"他向玛乔丽解释道,帮她翻过一道上锁的门,走进路灯照亮的街道。

他们从大学旁边走过时,玛乔丽说:"邓肯,你对女孩子很有经验吗?"

"没多少，都是一类经验。"

他给她讲了凯特·考德威尔、莫莉·蒂尔尼和琼·黑格，语气轻松戏谑。她时不时地用"哦，邓肯"这样的低语打断他的讲述。

"这就是我对女孩子的经验，你都知道了。"最后他说。

"哦，邓肯。"

这句话里饱含着亲切的怜悯，让他开始觉得，自己是不是做了一件蠢事。她说："你瞧，邓肯，我觉得你太害怕了。你还记不记得，我们看完画展，在巴士的后面，你问我可不可以拉着我的手？"

"记得。"

"你不需要问的。我知道你想那么做。任何女孩都知道，都会让你那么做的。"

"我明白了。"

"在某种程度上，接吻也是一样。如果女孩子感觉到你担心害怕，她也会变得不安。"

"就像人体模特，如果只有一个窘迫的学生画她，她也会感到窘迫。"

"对，就像这样。"

他停下脚步，抓住了她的胳膊。"玛乔丽，我可以画你吗？我是说，你的裸体。"

她瞪大了眼睛。他急切地说："我不会感到窘迫——我的画需要你。专业的模特很适合练笔，但她们画出来就像电影演员。我需要一个美丽但并不时尚的人。"

"可是,邓肯……我并不美。"

"哦,你美。如果我能画你,我会把你的美画出来给你看。"

"可是,邓肯,我……我……我的腰上有一块难看的胎记。"

他不耐烦地摇了摇头。"表面的颜色不同,并不重要。"他发出一声无力的轻笑,又说:"你应该这么做的,这样我们才能再次扯平。刚才我已经通过言辞,赤裸裸地暴露在你面前了。"

"哦,邓肯!"

她给他一个亲切、遗憾的微笑,叹了口气。

"好吧,邓肯。"

他们继续往前走。

"好。什么时候?下星期?"

"不,再下个星期。眼下我很忙。"

"星期一?"

"不。嗯……星期五吧。"

"好。七点左右?"

"行。"

"在那之前,需要我一直提醒你吗?"

"不用,我……我会记住的,邓肯。"

"那好。"

在花园门口,她把嘴巴翘了起来。他用脸颊磨蹭着她的脸颊,喃喃地说:"我们还没有成熟到用嘴巴接吻的程度。当我用嘴巴触碰你的时候,它会变硬。请抱住我。"

他们紧紧抱在一起,她的耳朵抵在他的脸颊上,接触点传出令人酥麻的刺激感。他开始深深地吸气。她耳语道:"你高兴吗,邓肯?"

"嗯。"

一辆小汽车停在路边。他们张望了一下,看到教授的侧影一动不动地坐在方向盘后面。他们笑着分开了。

那幅经过拓展的风景画,会在画面中部的船闸两侧,呈现出周围的布莱克希尔、里德里、坎普西丘陵、卡斯金山坡和人群。他在一百零五平方英尺的画布上编织起、拆散掉,又重新编织起蓝色、灰色和棕色的网状轮廓线。一天晚上,他正闷闷不乐地审视着它们,这时麦卡尔平走了进来,说:"有什么不对劲吗?"

"我希望这些形状别这么起伏不定。"

"一幅同时从上方和下方呈现的风景画,还把北部、东部和南部风光包含在内,它不可能是安宁祥和的。尤其是里头还有战争场面。"

"没错,不过我会在前景的中间位置强调静止的感觉:玛乔丽,望着我们。"

"她会是什么表情?"

"她平时的表情。希望你还记得,明天她来做模特。我不想有人打扰。"

"别担心,到时只有你们两个。你对明天晚上究竟有多期待？你好像全指望明天晚上了。"

"我期待着能画一晚上好作品。如果还能得到更多，我会感到高兴，但我心里并没有什么期待，这样也就不会失望了。我喜欢她的一丝丝笨拙。她似乎并不觉得她有乳房，这样反倒强调了它们的存在。她挺漂亮的，不是吗？"

"是。提醒你一下，她本可以穿得更显胸的。"

"你什么意思？"

"她的穿着有点学生气，你不觉得吗？"

"不，我不觉得。"

"你不觉得？我明白了。"

"我的葡萄可不酸，你这狡猾的富豪。"

"酸葡——？哈，你这可鄙的社会党人！"

他们彼此取笑着。

第二天早上，他架好绘图板，带来一瓶葡萄酒，小心地摆好引火的燃料，好让它们遇火即着；但他心神不宁，在喝咖啡休息的时间去了学校。他在食堂遇到了珍妮特·韦尔，问她见没见到玛乔丽。

"没有，邓肯。她今天没来上学。"

"她有没有——我是说昨天——显得有些疲倦或者不舒服？"

"我觉得没有，邓肯。"

他回到了画室，六点半的时候，他生上火，坐在炉火旁试着看书。差十分八点时，门铃响了。他忍着没有拔腿就跑,而是慢慢下楼,随意地扭开门把手。过了两三秒钟,他才看出,踏脚垫上的女孩是珍妮特。她说:"邓肯,玛乔丽派我来跟你说,她万分抱歉。昨晚她工作得很辛苦,身体不太舒服。"

过了一会儿,索郁闷地说:"告诉她,我不觉得惊讶。"说完便关上了门。他上了楼,拔出酒瓶的塞子,打算喝个酩酊大醉,但喝完一杯之后,他感到十分无聊,就铺开被褥睡了。

公园上方传来阵阵风声和海鸥的喧闹声。他在照进屋里的一片阳光中醒来,透过窗子看到了外面的蓝天白云。他背过身去,使劲蜷缩在被褥里,有意回想着他与玛乔丽的友谊,从她第一次在楼梯上从他身边走过,到头天晚上的情景。这似乎是一段屈辱的经历,他愤怒地咬着自己的手指,最后不由得热泪盈眶。他走上演说厅的讲台,用清晰的嗓音低声说话,冷静了下来。

"……一所没有班级或考试的美术学校,人体写生、病理解剖、工具、画材和资讯,向所有需要它们的人免费提供。我已经准备好将这些计划呈交主管和理事会,但如果得不到你们的忠诚,我就什么都做不了。"

她的面孔在欢呼的人群之中,人群向两侧分开,让他从中通过。他向她微微点头示意,他还有更多重要事情需要考虑。工党政府任命他为苏格兰的国务大臣,他在下议院起立宣布,他计划设立独立的苏格兰议会:"显而易见,社会单元越是庞大,真正的民主就越是无从实现。"

人们陷入震惊的沉默,打破它的是首相的谴责,他说索是叛徒。索从议事厅大步走出,令人惊奇的一幕发生了。七十一名苏格兰议员——工党、自由党和保守党的都有——全部站起身,跟在了他的后面。来到俯瞰泰晤士河的平台上,他正要转身,向他们致辞的时候,麦卡尔平走了进来,说:"哈啰。睡了个大懒觉?"

"她没来。"

"这个贱人!听好,今天天气很棒,跟我一起出门画速写吧。"

"我不想动弹。"

"鼓鼓劲。那样你会好一些。"

"我做不到。"

麦卡尔平把纸铺在绘图板上。索突然说:"我跟她完了。"

"非常明智。"

"但我还没考虑好怎么道别。"

"别费那个心思了。只要再也不打招呼就行了。"

"不。我必须说清楚。"

"沉思默想是没有用的,邓肯。再过三四个小时,光线就没了。出来画速写吧。"

"不去。"

麦卡尔平走了，内战结束后，索成了重建委员会的主席。原先毁坏的河堤所在之处，如今喷泉迸溅着水花，树木郁郁葱葱。后院为老人配备了长凳和露天使用的国际跳棋棋盘，为幼儿配备了划小船的池塘和沙坑，为家庭主妇配备了公共的非营利自助洗衣店。载有管弦乐队的游船在运河中驶过，由里德里驶往克莱德河里的岛屿。玛乔丽在报纸上读到他的名字，在无线电广播中听到他的声音，在电影院里看到他的面孔。他包围了她，他塑造着她的世界，她却无法触及他。然后他打了个盹，梦到了一个可怕的、阴雨连绵的暮光之国。他试图带一个小女孩从那里逃走，那个小女孩侮辱了他，背叛了他。她长高了，戴着珠宝，坐在一栋幽暗古屋里的王座上。她派出长着畸形脚的管家来抓捕他。小小的索从一个房间逃到另一个房间，重重地摔上身后的门，但那种迟缓跛行的脚步声在不断地逼近。最后他钻进一个碗柜，无路可走，死死地攥着门把手，努力把它关牢。冰冷的水打着旋儿，漫过他的双腿。

他在黑暗中醒来，一半被褥掉在地上。三颗星星把星光照进了窗户，池塘边传来不和谐的鹅叫声。他拉过毯子盖好，用一片麻黄素让自己的呼吸放松下来，他把她幻想成一家高级妓院里的女奴，他在那里折磨她，让她不知羞耻地跟他做爱。他第二次自慰的时候，她变成了琼·黑格，第三次又变成了一个男孩。他为自己感到恶心,便盯着天花板看,直到天亮,然后又睡着了。这天是星期天,到了下午,其他学生过来煮咖啡、画画、闲聊。索躺在那儿,假装看书,其实是在构思跟玛乔丽告别时的话,它们有趣、可悲、坚忍、冷傲、狂暴。晚上,麦克贝思来了。美术学校已经因为酗酒开除了他,他往椅子里一坐,说:"小邓肯怎么啦?他为什么这样蜷缩着?"

"嘘。他要跟玛乔丽分手了。"麦卡尔平小声嘀咕着。

"你为什么要分手,邓肯?你得不到你那个洞,是因为这个吧!她不肯给你那个洞?"

"对。也许有一部分原因吧。我不知道。"

"听我说,邓肯。听着。听着。洞无关紧要。自从十七岁开始,我就有定期能用的洞了,别因为莫莉不肯正眼看我,就以为我离了洞也行。我会去巴斯街。我每个星期都能来上么两次、三次、四次,它其实也没**那么**重要。"

他打了个响指。"玛乔丽是个漂亮姑娘。你得黏着她,不管有没有洞。"

"她对我不好。"索在毯子下面说。

"我承认,这是挺让人沮丧的。我承认,没有洞,再加上没有善意,确实让人沮丧。"

星期一,他去了美术学校,在台阶上遇到了玛乔丽。他已经在心里跟她做了彻底的了断,结果眼前面带笑容的漂亮女孩就像死而复生一样令人困惑不解。

"哈啰,邓肯!我为星期五的事感到抱歉。珍妮特告诉你原因了,是吗?"

"她告诉我了,对。"

"今天午饭之后,合唱队还要练歌。你去食堂吗?"

"我想是吧。"

她的笑容那么直率而欢畅,他也不得不以笑容来应对,但来到食堂之后,他在她和珍妮特·韦尔身边坐了下来,没有说什么,而是在桌面上画起了画。玛乔丽说:"我和珍妮特今晚要去看歌剧,邓肯。"

"好啊。"

"我们没有预订座位,我们要排队订包厢。"

"好啊。"

珍妮特去买烟了。玛乔丽说:"艾特肯不来——他讨厌歌剧。但你喜欢,对吗,邓肯?"

"对。"

她挪近了一些。"邓肯,你知道的,我愿意给你当模特,时间随你定。"

"玛乔丽,我们不能再这样下去了。"他在一只眼睛下面画上阴影,用力按着铅笔说,"我们最好还是分开。"

他左顾右盼。她那沉静的侧影似乎在端详着那幅画。珍妮特回来了,嘴里说着:"没有高卢烟!我还盼着他们会卖给我们高卢烟呢。"

索说:"不如意的事十有八九。"

"我们去合唱队那里好吗,邓肯?"玛乔丽问。

他们穿过街道时,她说:"真抱歉,邓肯。"

"没关系。我用周末的时间,习惯了一下离开你的感觉,现在我已经习惯了。"

他们在合唱队排练的礼堂门口停住脚步。他说:"没什么可做的了。"

"我明白。哦,邓肯,真抱歉,你那么喜欢我。邓肯,真抱歉我没有——"

"哦,用不着抱歉,"他说,他拉起她的双手,用自己的额头贴着她的额头,"用不着抱歉!你给了我友谊,有好长一段时间,我心怀感激。"

"可是,邓肯,我们就不能继续做朋友吗?也许不是现在,而是以后?"

他们把脸颊贴在一起,他喃喃地说:"以后,或许吧,等我有了真正的女朋友,也许……我可以……"

"对。到那时候。"

她紧搂着他的腰,他轻松自如地爱抚着她,把嘴巴移到她颈肩之间的柔软凹窝里。珍妮特和两个朋友从旁边走过,说:"哦嗬!""啊哈!""快点,你们要迟到了。"

他不明白为什么自己的嘴巴和双手以前不曾这样做。走廊里响起更多的脚步声,他们分开了。

"我要离开合唱队了。"他说,"你进那扇门吧,再见了。"

她微微一笑,快步穿过那扇门。他步履轻快地往画室走去,准备马上开始工作。他们的分手那么友好,有那么三分钟,他几乎感到快乐,不过随着时空距离的拉开,愤恨之情渐渐滋生。索基霍尔街上从他身边走过的路人投来的目光,让他注意到自己在大声吟诵:"如果你**存在**的话,就让我杀了她吧;如果你**存在**的话,就让我杀了她吧。"

在画室里,他没能从自己的画上看出任何东西,上面只有一团纠缠在一起的丑陋线条。他坐下来,盯着它们看,直至天黑。

第 26 章　混乱

第二天早上,他等了很长时间,也没等来起床的劲头,最后他爬到食品橱那儿,爬到厕所,又爬回了床上。他像尸体一样躺着,满脑子都是充满怨恨的梦。他在各种性幻想中折磨着她,修改和扩充着两人分手时他没能做出的那场告别演说,详细地回顾并怨恨着他们一起度过的每分每秒。他不明白,这个女孩带给他的明明那么少,为何他还会满脑子都是她的身影。痛苦的情绪渐渐变成肌肉的紧张,他连有限的动作都懒得做。他不停地盼望着她走进这个阴暗、积满灰尘、乱七八糟的房间,打开灯,含笑四处打量。他依然一脸强硬,不为所动,但她会脱下外套,轻轻拍拍脑后的头发,开始动手打扫。她会做一份温热的饮料,坐在床垫旁边,为他端着杯子,让他像个小孩子似的小口喝下。他会带着讥讽的笑容予以接受,但最后他会抓着她的双手,把它们按在胸前,让她感受到他的心在胸廓里跳动。他们会依偎在一起。汗水会从他的额头消失,紧张感也会从他体内消失,他会酣然入睡。现在他不敢睡觉了,于是用尽可能僵硬的坐姿抵御着睡意。

暑假里的一天,正在角落里作画的麦卡尔平说:"我知道,建议总是没什么用,不过假如你起来搞定你那幅画,会不会感觉更好一些?"

"格拉斯哥还有人能画出一幅好画,这是个可笑的想法。"

"你应该回家去,邓肯。"

"不敢动弹。"

过了一会儿,麦卡尔平出去了,带回了露丝。索畏惧地望着她,因为她总说他生病是为了用恶心的方式博取关注。她和和气气地问:"你好吗,老邓肯?"她温柔地帮他穿好衣服,领他下楼,坐上出租车。他们往家驶去时,她讲起了她在阿伯丁念的那所职业学院。她已经过去一年了,她那聪慧、开朗的活力并没有任何攻击性,他感觉得出,他以后再也不用怕她了。索先生已经布置好喝茶的桌子。他们在桌边坐下之后,露丝说:"我喜欢阿伯丁,我交了那么多男朋友!我跟哈里·多彻蒂去游泳,他是苏格兰少年蛙泳冠军,我跟乔·斯图尔特去跳舞,我跟任何一个人去派对——我是说我喜欢的任何一个人。学校里的女生觉得我是荡妇,而我觉得她们是笨蛋。她们大多只有一个男朋友,除了结婚不说别的。我可不会在四五年之内结婚,我觉得还是人多才更安全。"

"很对,"索先生说,"在你能够独立之前,不要把自己托付给另一个人。你还年轻,要好好享受生活。"

"一到星期天,我就跟托尼·高去散步,他是医学生。你会喜欢他的,邓肯。他对动物、花草和民歌简直无所不知。他这个人在电影院后排没什么用,但他真的很有意思。我们的散步最近不太有趣,因为农场主们到处传播一种新的兔类疫病。在乡间小路上,到处都是些可怜的兔子,奄奄待毙,拼命呼吸,憋得眼珠子都鼓出来了。托尼拎着它们的后腿,抓起它们,在地上摔烂它们的脑瓜。我可做不来这种事。我知道这是一种善举,但我连看都不敢看。托尼——"

索尖叫道:"别说了!"

过了一会儿,索先生说:"上床去吧,儿子。我去找医生。"

医生让休息,开了几种新药。索坐在床上,无法集中精力看书,却有心争辩一番。

"我宁愿做一只鸭子。"

"什么?"

"我宁愿做亚历山德拉公园湖里的一只鸭子。会游水,会飞,会走,有三个老婆,要什么有什么。可我是个人。我有头脑,有三个图书馆的借书证,要什么都得不到。"

"我的天哪,你在说什么呢?我养了个什么孩子?

看看青霉素和国民保健制度，看看你痴迷的这些书和画！而你想做一只鸟！"

"看看贝尔森吧！"索喊道，"还有长崎，还有俄国人在匈牙利，美国佬在南美洲，法国人在阿尔及利亚都做了些什么，英国人没有宣战，就轰炸了埃及！这个星球上一半的人不到三十岁就死于营养不良，人类的总数不到世纪末就会翻一倍，有能力把世界建造成美好家园的那些政府，正在抢掠邻国，计划着用原子弹轰炸彼此。在杀戮方面，我们可以千百万人携手合作，可如果要做高尚、美好的事，就应者寥寥。"

索先生揉了揉自己的脸颊，说："你读过的书比我多。人类出现在这个世界上已经多久了？"

"大约三十万年。"

"人类建立城市已经多久了？"

"大约六千年。"

"在全世界都有影响力的政府建立了多久？这个问题嘛，我知道答案。还不到一百年。"

"怎么？"

"邓肯，现代史才刚刚开始。再给我们两百年，我们就能建立起**真正的**文明！别担心，儿子，不管你怎么想，别人可都盼着呢。世界上没有哪个国家的人不在奋斗和探索。不要被政客们愚弄。促成改变的并不是那些站在讲坛上大声疾呼的人，而是那些埋头苦干的人。就算接下来的十几二十年，真有几个该死的强国联盟发动了核战争，人类也会存活下来。我们也许要用好几百年才能消除辐射的影响,但普通人能熬过去,再次开始奋力攀登。"

"哼,我**受够了**普通人靠吃屎也能活的本领。还是动物高贵。对辱及其本性的行径,凶猛的动物会拼死反抗,温顺的动物会绝食至死。只有人类才有这种丑陋的变通能力:即使遭到同类的剥削和虐待,也能适应不被人爱的状态,也能继续活着、活着、活着。我在一本书上看到过一个小女孩写的文章,写的是战争时期的孩子们。她的家被炸毁了。她写道:'我什么都不是了。我的猫粘在了墙上。我试着把它扯下来,但他们把我的猫扔掉了。'在过去二十五万年里,每天都有比这更糟糕的事发生在孩子身上。没有什么慈善的未来能弥补我们邪恶的过往,就算我们把全世界组建成一个民主的社会主义国家,它也不会长存。没有什么体面事能长存。能长存的只有战争和痛苦造成的这种混乱局面,我反对这样!我反对!我反对!"

"别自怜了。"

索正要开口抗议,发现自己的确是在自怜,又把嘴闭上了。索先生叹了口气,说:"就算我们都同意,世界是一团糟吧。你觉得有什么能改善它的状况?"

"记忆和良知。我痛恨这世界对待生命漫不经心、不闻不问的态度,就像烂水果对待霉菌一样。"

"可是,邓肯,记忆和良知是人才有的!"

"不幸如此。"

"你想要的是一位神明?"

"对。对,一个永远情深义重的大人物,能对人间疾苦感同身受。我想要的正是这么一件不可能的事。"

索先生按平了头上的几绺头发,说:"我父亲原先是布里格顿公理会教堂的长老,如今那里是个穷地方,以前更糟。有一次,家境优渥的成员们决议,要给这所教堂捐赠一张新的圣餐桌、一台风琴和彩窗。但父亲是个在厂子里上班的铁匠,有一大家子人要养活。他拿不出这笔钱,于是他兼做教堂的执事,付出了十年的无偿劳动,打扫除尘,擦洗铜器,在举行仪式时敲钟。在铸造厂里,随着年岁渐长,他拿到的工钱越来越少,但我母亲靠绣制桌布餐巾来补贴家用。她的雄心壮志就是积攒下一百镑存款。她是个出色的缝纫女工,但她从未攒下一百镑。总会有一名邻居生病,需要请假休息,或者朋友的儿子需要一件新衣服,好去找工作,她会二话不说地递过钱去,就好像这不过是寻常小事。她从祷告中获得了很多慰藉。每天晚上睡觉前,我们都要在客厅里跪地祈祷。这些祈祷并没有什么令人激动的成分。我父母显然觉得,他们是在跟一位同处一室的朋友交谈。我从来没有那样的感觉,所以我相信,是我有些不对劲的地方。后来,1914年的战争开始了,我参了军,听到了一种截然不同的祷告。各方面的神职人员都在祈求胜利。他们告诉我们,上帝想让我国政府打赢,他就在我们身后,跟将军们一起,督促我们前进。那时候,我们这些身处堑壕的人,很多都放弃了上帝。可是,邓肯,所有这些凭空杜撰的天上掉馅饼的想法,只不过是帮我们为所欲为的辅助手段而已。我父母用基督教信仰帮助自己,在艰难的生活中保持得体的举止。其他人则用它来为战争和财富做辩护。可是,邓肯,人们相信什么并不重要——是非对错要以我们的行为来论定。所以如果一位神明能给你带来安慰,那就接受他。他是不会伤害你的。"

"他不会吗?"索闷闷不乐地说,"我能想象出的唯一一位神明,太像斯大林,没法带来什么安慰。"

"当然,我不能原谅斯大林的那些做法,不过我确信不疑,任何一个人要在三十年代统治俄国,都只能像他那样行事。"

新药失去了作用,医生又给开了别的药,也不管用。病情最严重的晚上,索先生坐在床边,用毛巾擦去索脸上滴淌的汗水,递过盆去接黄色的浓痰。索如今已经完全被疾病占据了心神。他觉得就像有一场内战,在他体内破坏着自己的呼吸,让他吸入的氧气只够感受痛苦、无助和自我嫌恶。有一次,到了下半夜,他说:"医生认为……这场病……是精神性的。"

"是啊,儿子。医生暗示过。"

"给澡盆灌满水吧。"

"什么?"

"给澡盆灌满水吧。冷水。"

他费力地解释说,或许(就像一个国家遭到另一个国家攻击时,就会忘记国内的纷争一样)全身的皮肤一旦遭遇冷水的侵袭，紧绷的气管就会松弛下来。索先生不情愿地给澡盆灌满水，扶着索来到边上。索脱掉睡衣裤，喘着粗气，把一只脚放进水里站好。过了一会儿，他把另一只脚也收进来，他抽风似的一咬牙，单膝跪在水里。

"快，邓肯。把自己埋进水下！"索先生说着，挪过来把他往下按。

"不！"索尖叫着，五分钟后，他成功地仰面躺下，只把口鼻露在水面上。呼吸还跟之前一样费劲。索先生给他擦干，扶着他回到床上。"你应该马上躺下的，邓肯。如果说休克疗法**有可能**管用，那就得像休克一样突如其来。"

索坐了一会儿，然后说："你说得对。打我吧。"

"什么？"

"打我。打我的脸。"

"**邓肯！……我做不到**。"

几分钟的痛苦喘息之后，索喊道："求你了！"

"可是邓肯——"

"已经……受不了了。受不了了。"

索先生往他脸上扇了一巴掌。

"不管用。**我自己**……都能打得……再重一些。再来！"

索先生打得更重了一些。索身子一歪，又重新坐直，他比较了一下脸上的疼痛与胸中的痛苦，喃喃地说："屁用没有。"

索先生低下头,哭了起来。他坐在床沿上,索抱住他,说:"对不起,爸爸。对不起。"

他感到父亲的身体随着体内迸发的阵阵抽噎颤抖着。父亲的身体感觉并不魁梧,他低头望着斑驳的头皮上稀少的发丝,越发感到这是一副衰老的躯体,令他感到一阵茫然的是,他发现自己才是更健壮的那一个。

"去睡吧,爸爸,"他说,"我现在好多了。"

他胸膛里的那股紧张感缓和下来了。

"上帝啊,邓肯,假如我能代替你生这该死的病,我愿意!我愿意!"

"那样有什么用?那样的话,谁来帮我们?不,眼下就是最好的安排了。"

索先生上床去睡了。哮喘又加重了。一旦索试图通过打量四周房间里的物品来忽略它,这些物品就会变得飘摇不定,仿佛墙壁、家具和装饰品是某种毁灭力的组成部分,有一股敌对的力量将它们捏合成形,只能勉强维持住它们的形状。窗前的一把珐琅水壶似乎爆炸在即。它那闪亮而碧绿的坚硬质地,似乎在房间另一侧威胁着他。他看到的一切,仿佛都是由恐慌所造就。他瞪着天花板,将全部意念凝聚成一句激烈而无声的呐喊:"你是存在的。我投降。我信服了。求你救救我。"

哮喘恶化了。他发出恐惧的呻吟,然后控制着自己,用愉快的口吻说："根本。什么人。都没有。"

他又大声说了一遍,但这话听起来就像一个谎言。他失望地发现,自己只能服从这样一种信仰,它再也不会允许他在祷告结束时说："如果你存在的话。"

他又冲着天花板喊出自己的想法。

"这个信仰源于我的懦弱,而不是你的荣耀。你是靠着折磨人的把戏获胜的。但你远远没有赢得我的支持。我永远、永远、永远、永远都不会再向你祈祷了。"

第二天,医生说:"病程拖得太长了。他应该住院。你的邻居家有电话吗?"

露丝和父亲帮索穿好衣服。救护人员把索抬下楼的时候,邻居们站在门口望着。吉尔克里斯特太太不快地喊道:"你这样度假可不太好,邓肯。"

这是七月的一个清爽的早晨。他抓着救护车的长凳边缘坐着,索先生在对面的长凳上嘀嘀咕咕,用一支铅笔戳来戳去,撬着一只手提箱的锁。索说:"出了什么问题?"

"这该死的锁卡住了。"

"我在医院用不着箱子。"

"你当然用不着。得用这个箱子装走你的衣服。"

顶端的毛玻璃窗略微敞开着,他透过狭缝凝望着布莱克希尔的街道。阳光明媚,孩子们在大呼小叫。他说:"真够快的。"

"是啊,"他父亲放下箱子说,"我不禁感到松了一口气。我和露丝去采尔马特[1]爬山的时候就会得知,你正在接受精心护理,比待在家里强。"

"我估计我不会待太久。"

"如果我是你,邓肯,我不会太着急出院。最好还是告诉主治医生,院外没有人照顾你。多给他们点时间查出这场麻烦的主要根源在哪儿。"

"没有什么主要根源。"

"别妄下结论。现代医院有各种各样的资源,斯托布希尔是英国最大的医院。1918年,我也在那儿住过院:弹片在腹部留下了伤口。别担心,我保证,你会有很多书看。我在斯托布希尔时看了很多书,如今我已经无颜面对那些作家了:卡莱尔、达尔文、马克思……当然,我卧床了五个月。"索先生看了看窗外,然后说:"那里有条铁路路堑通往钟楼下面的某种地铁车站。当初部队是用列车送我们过去的。要不要我给你带列宁的《辩证唯物主义导论》?"

"不要。"

"你的目光太短浅了,邓肯。半个世界的人都处于这种哲学的影响之下。"

病房形状狭长,教授一行人用了一个多小时才巡视完一侧的病床,来到索所在的另一侧病床,索躺在靠近门口的床上。教授身材健壮,是个秃头。他叉着

---

[1] 采尔马特(Zermatt),瑞士阿尔卑斯山脉中的山村,旅游胜地。

胳膊站着,斜仰着脑袋,像是在研究天花板的一角。他那沉静的话语并无分别地传到病人、助理医师、病房护士、助理护士和医学生耳中,但他向他们中的某人投去的清晰一瞥,有时在强调某一句话,或者某个问题。

"这里有一例明显的支气管感染,起因是慢性虚弱,这有可能是遗传的,因为他父亲的妹妹就是死于……**你**是不会因此而死的。没有人会死于哮喘,除非他们心脏太弱,而你的心脏只要经过普通的护理,就能让你再活五十年。或许还有心理因素——这一病症最早是在六岁发作的,当时战争给你的家庭带来了分裂。"

"母亲跟我们在一起。"索戒备地说。

"但你父亲不在。记下阴囊上、膝盖后和肘关节处有湿疹。很典型。"

"他有没有做皮试?"一名学生问。

"做了。他对所有的花粉、所有的毛发、毛皮、羽毛、肉类、鱼类、牛奶和每一种灰尘,都有激烈的反应。所以这些或许只是刺激源。如果它们是病因,那他这辈子都得在床上度过了,而他经常并无哮喘发作……对吗?"

"对。"索说。

"至于治疗嘛,用青霉素减轻感染,一个疗程的氨茶碱栓用作长期缓和剂,异丙肾上腺素用作临时缓和剂。用理疗促进对呼吸的控制,只要病人还年轻,那这样做就很重要,然后再打一个疗程的脱敏针,以消除刺激源。用煤焦油涂抹皮肤。这样很脏,很老套,但毕竟是我们在弄到新式的美国可的松乳膏之前,能使用的最佳方案。再来一支镇静剂,帮他放松下来……你是神经质类型的人吗?"

"我不知道。"索说。

"你会不会沉湎于白日梦,然后因为常见的噪声暴跳如雷?"

"有时候会。"

教授从索的抽屉里拎起一幅画,画上是一个长着翅膀的女人。"还有艺术气质。你介不介意跟一位精神科医生谈谈?"

"不介意。"

"好。我知道你不是疯子,不过稍微谈谈家人、性爱、金钱之类的话题,可以削弱情感反应,它们有可能会妨碍更直截了当的治疗。你的牙齿也得多加注意。你刷牙的频率不够,对吗?"

"对。"索说。

每周总有那么一两次,病房里喊喊喳喳的对话会汇合成政治辩论,连篇累牍的争论跨越老长的距离,在病房里往复不休。有时候,早上会有叮当声由远而近,一个魁梧的男人颇为吃力地从旁边走过,腰弯得很低,拄着一根形状复杂的小拐杖。他的脸收缩成一只明亮的动物般的眼睛、一个团块状的鼻子,还有一张露出无齿牙龈的歪嘴。他总是嘟哝着"天知道我是怎么走到这一步的""我这辈子都在辛苦工作""我的每一分钱都是我自己赚来的",还有"我**不**喜欢医院"。

两侧病床上的病人更专注于自我。左边的克拉克先生若有所思地皱着眉,晃动着双手,像是在做手势,缓慢地描述着什么,要不就拎起再丢下折叠方式各异的铺盖。下午,他发出喑哑的声音,护士们将其解释为索要尿瓶、便盆或香烟。只要旁边有人看着,不会让他点着火烧到自己,他就可以抽烟。他的脸和脖子像海龟的一样坚韧粗糙、筋脉明显,他的鼻子鼻梁高挺,透着傲气。他有时倚着枕头打盹,脑袋颤动着微微离开枕头,然后猛地一歪,惊醒过来,发出一声无力的呼唤:"阿格尼丝!"没有人过来探望他。索右边的麦克达德先生是个小个子,他外凸的胸膛就像圆滚滚的肚子,抵在下巴上。他有一头铁丝般的红头发,严肃的面孔因为戴了一副没有镜片的钢制眼镜而显得博学。眼镜支撑着两个鼻孔里塞着的橡皮管,管子另一端连着床后面的氧气瓶。他睡觉时摘下眼镜,有时半夜醒来,在床上像狗一样四肢着地,发出管弦乐队般的噪声,仿佛被迫通过数百个小长笛和哨子进行呼吸一样。护士会把他翻过身来,给他把眼镜暂时戴回去。一个性情活泼的小个子太太和几个身材高大的儿子定期来探望他,在探视时间到来前,他会接受一次注射,那种针剂能让他用一种低沉、含混的声调,滔滔不绝地谈论孙辈和职业拳击赛。他和索经常交换一阵轻轻的、不以为然的摇头,有一天,他的家属来晚了,他说:"这事儿真够受的,是吧?"

"是啊。"

"一个坏家伙,孩子。"

"谁?"

"克拉克。"

索往另一边瞧去,只见克拉克先生举着床单的顶端,像读报纸那样端详着它。麦克达德先生咕哝道:"你注意到了吗?护士们一给他盖好,他就掀开,还吵着要瓶子。要是在外面,他会因为这个关六个月。在外面,人们管这叫有伤风化的暴露。"

"他上年纪了。"

"是啊,他上年纪了。要是老年人落到这种地步,有专门的地方收容他们。"

每周两次,索穿上拖鞋和晨衣,坐着轮椅,被推到精神病区,要是他状态足够好,他就走过去。精神科医生是个衣冠楚楚的男子,大约有四十岁,没有什么特殊的特征。他说:"在我们的交谈过程中,你也许会体验到,你对我产生了几种意想不到的感情。请不要羞于提及它们,不管它们看起来有多奇怪。我一点也不会有被冒犯的感觉。它们都是治疗的一部分。"

索谈起了父母、童年、创作、性幻想和玛乔丽。他口若悬河,有一两次还哭了出来。精神病医生说:"尽管你盲目地憎恨女性,我猜想,你基本上还是异性恋。"后来他说:"你要知道,真相并不是**非黑即白**,而是**有**

黑**有**白。我在壁炉架上放了一只陶瓷斑马，提醒自己这一点。"不过，他通常会说"为什么呢？"，要不就是"多给我讲讲这个"。索对他完全没有生出任何感情。他喜欢这些会面，但他回病房的时候，总是感到有点焦虑和无聊，就好像演员的表演既未赢得喝彩也未收到嘘声。能走的时候，他会穿过医院的庭院，延长返回的路线。一间间又长又矮、红砖砌就的病房伫立在高高的山坡上。海鸥们总在头顶盘旋，要么就栖息在山墙上，或许是因为伙房里的人往外丢陈面包。有一座高高的红色钟楼，上面有个声音尖细的乐钟，四周遍布着灌木、砾石路和蜜蜂嗡鸣、光彩夺目的花圃，里面种着红蓝两色的花。这年夏天热得出奇。身穿晨袍的病患们在草坪上小心地散步，或者坐在长凳上沉思。他们大多上了年纪，形单影只，当白衣护士三三两两地聊着天，快步走过时，索为这些活泼开朗的年轻女子的仁慈感到惊讶，她们悉心照料着那么多被疾病变得孤独、虚弱、面目可憎的人。

每个星期，他的呼吸都会好转几天，然后再度恶化。克拉克先生不再抽烟和呼唤阿格尼丝，而是一动不动地躺着。人生阅历在他脸上凿出的深深皱纹，从他脸上消退了，每天他都变得更像一个年轻人，但他的双眼望向不同的方向，一边的嘴角往上咧开，另一边则紧闭着。右边床上的麦克达德先生越来越显老。他的脸颊和脖子上的筋腱之间的凹窝变得更深了。他用瞪得格外大、眼眶发红的眼睛盯着来来往往的医生护士。他跟妻儿的交谈变少了，但他经常往索这边瞅，嘟哝着："真……够……受……哈？"

他显然处于痛苦之中，想要找人陪伴，但索嘟哝着"嗯"，不肯从潦草的涂画中抬起头来。那本笔记本变成了介于病房里的痛苦和呼吸的痛苦之间的中性面。他很不愿意把它放下，去吃饭睡觉。夜里，病房另一端的护士桌上亮着一盏灯，夏季天空充盈的暮色透进屋里，把纸页照得微微发亮，他的手继续在纸页上涂抹着阴影：神秘的女性头像、怪诞的男性头像、半鸟半机械的怪物，以及融合了各种风格、各个时代建筑的巨大城市。过了午夜，他把本子放在一边，直挺挺地坐着，清醒状态挥之不去，他觉得自己度过了许多不眠之夜。后来他意识到，尽管他听到了钟楼遥远而忧郁的叮咚声每过一刻钟就会报时，但钟楼似乎从未进行整点报时。还有一次，他看到两名夜间值班的护士在角落里的一张床那儿窃窃私语，后来，他并未看到她们在病房里走动，就变成了一名在病房中间的桌旁看书，另一名坐在旁边打毛衣了。他整夜时睡时醒，但他睡得太浅，结果他从未发现。有时他睡得很香，但醒来时颇为费力，因为起初很难辨认出病房里的种种轮廓和声音，而且呼吸是一门邪恶的学科，要经过数次窒息，才能重新学会。

一天深夜，值班护士带来一位索从未见过的病房护士。她们在麦克达德先生的床前停住脚步。他在睡觉,脸上戴着供氧眼镜,嘴巴在不断地吞咽着空气,胸膛发出的声音有如远处的风笛声。在她那狮身人面像般的僵硬白帽子下面,病房护士的面容透着热心,她有五十多岁了。她说:"可怜的麦克达德!愿上帝帮助他!"低沉的语调里充满严肃的悲悯,索听了,感到胸膛里热流涌动,他满怀爱意地凝望着她。病房护士来到他的床脚那儿,笑着说:"你今晚感觉如何,邓肯?"

他小声说:"挺好的,谢谢。"

"你想不想来杯可可?"

"很想,谢谢。"

"你来负责好吗,护士?"

她们继续往前走去,过了一段时间,护士拿来了香甜的热可可,还有盛在茶匙里的两片粉色的药。

索在阳光中醒来,呼吸颇为顺畅,周围传来人们传递脸盆的清脆叮当声。自入院以来,他头一次感觉不错,想要刮刮胡子,但摸了摸下巴上的胡茬之后,他只洗了洗脸和手,又躺下享受起了美妙的阳光和空气。克拉克先生看起来好多了。他的面容又变得苍老而思虑重重,他看起来像是在用右手的食指指挥着一支小小的管弦乐队。麦克达德先生的床腾空了,剥去了床单,露出了钢丝床垫。索想象着那副鸡胸的小身板被负责更换氧气瓶的那个沉静、穿黑西装的青年搬走的样子,但他太开心了,心里除了如释重负的轻松,没有别的感触。他想跟人交谈,把他们逗笑。护士端来早饭时,他尝了尝,说:"护士!不加适当的麻药,我拒绝吃这碗粥!"

他又大声说了一遍。结果没人注意,于是他把这件事写下来,好讲给德拉蒙德或麦卡尔平听,然后他接着吃起了早饭。

第27章 《创世记》

斜阳照亮了克拉克先生桌上那只雕花玻璃花瓶里的黄花九轮草和风铃草。索坐在扶手椅上，欣赏着奶黄色的黄花九轮草，它有着低垂的淡绿色茎秆，风铃草深色的矛叶梗上则挂着透明的蓝紫色钟状花冠。他喃喃地说："紫色，紫色。"这个词品啁起来，与眼睛看到的色彩十分一致。一名收拾麦克达德先生那张旧床的护士说："今天你可得好好表现才行，邓肯。你要有新邻居了。是一位牧师。"

"希望他不要太健谈。"

"哦，他会健谈的。人们付钱给牧师，就是让他们健谈的。"她绕着床拉上围帘，一个拎着手提箱的人出现在围帘后面。撤去围帘之后，只见一名头发花白的小个子男人穿着睡裤，倚着枕头，正在接待几位来访的老妇人。她们用又快又低、令人宽慰的调子交谈，牧师心不在焉地含笑点头。她们离开之后，牧师戴上镜片呈半月状的眼镜，读起了一本馆藏书。

那天,吃完晚饭之后,索坐在床上画速写,这时一个声音说:"打扰了,你是画家?"

"不。我是学美术的学生。"

"抱歉。我被你的胡子误导了。你是否介意给我看看那幅画?我喜欢花。"

索把笔记本递过去,说:"画得不太好。我还需要更多时间和画材,才能把它画得好看。"

牧师把本子举到面前,点了点头,开始往前翻。索感到担心,但并不气恼。这位牧师有点像是某种发出柔光、有用、灰色、不为人重视的金属,他的口音是索最喜欢的那种,是对政治和宗教感兴趣的商铺老板、教师和工人的口音。他说:"你画的花很美,真的很美,不过——我希望你别生气——前面的画让我有点困惑不解。当然,我看得出,它们很巧妙、很新潮。"

"它们是涂鸦,不是真正的画作。我还没有恢复健康,没法正儿八经地作画。"

"你来多久了?"

"六个星期了。"

"六个星期?"牧师满怀敬意地说,"真够久的。我估计,我也就是住个几天。他们想做些检查,看我有什么反应。心脏的问题,你知道,不过没什么大不了的。告诉我,因为我经常感到纳闷,是什么让人们成为艺术家?是与生俱来的天赋吗?"

"当然。这样的天赋人人都生来就有。所有的婴儿都喜欢玩铅笔和颜料。"

"但我们中的好多人不会再进一步。就拿我来说吧，我很喜欢画优美的风景或者朋友的肖像，可我连一根直线都画不好。"

"现如今，适合手工工作者的好工作寥寥无几，"索说，"所以多数家长和老师并不鼓励孩子发展这种天赋。"

"你父母鼓励你吗？"

"没有。我小时候他们允许我用纸和笔，但除此以外，他们想让我有个好前程。我父亲肯让我去美术学校，只是因为他听说，我有可能在那儿谋到一份工作。"

"这么说，你的天赋**肯定**是与生俱来的！"

沉思片刻后，索说："有些人孜孜不倦地做一件事，可能并不是因为他们受到了鼓励，只是因为他们始终没有学会从别的事上获得乐趣。"

"天哪，这话听起来真教人沮丧！换个话题吧，你跟我讲讲，为什么现代绘画这么难懂？"

"因为如今没有人雇用我们，所以我们只好自己编造出画画的理由来。我承认，艺术处境堪忧。不用担心，我们还有一些好电影。好多钱被投入电影业，有几位真正的天才在那里找到了工作。"

牧师腼腆地说："我以为，艺术家不是为了钱而工作的。"

索没说什么。牧师说："我觉得，他们在阁楼上埋头苦干，直到饿死或发疯，然后他们的作品被人发现，卖出数千镑。"

"从前有过一场建筑繁荣,"索说,他开始激动起来,"在意大利北部。跟佩斯利差不多大的三四个城镇,那里的地方政府和银行家们投入了大量的财富和心思,对公共建筑进行装饰美化,结果在一百年内,欧洲最伟大的画家里,有一半是在那儿培养出来的。这些当权者并不是无私的人。他们知道,只有通过优美的街道、礼堂、塔楼和大教堂,将多余的财富分给邻里乡亲,他们才能赢得选票,维持民心。从那以后,这些城镇因美丽而闻名遐迩,变成了旅游胜地。但今天,我们的当权者并不生活在他们的雇员们中间。他们将过剩的利润投入科研当中。公共建筑完全变成了工程师的活儿,我们的市容变得越来越丑,我们最出色的绘画看起来就像痛苦的尖叫。不足为怪!买下这些画作的极少数人,就像购买钻石或珍稀邮票一样,把这当成一种无须缴税的存款手段。"

他的声音变得尖锐,他赶紧大口喝起了一杯水。牧师说:"这话听起来太有共产主义色彩,不过我相信,在俄国——"

"俄国,"索喊道,"有着比我们更严苛的统治阶级,所以西方艺术可以表现得歇斯底里,东方艺术只允许表现得沉闷无聊。不足为怪!富有感染力、可爱又和谐的艺术,只有在小共和国才会出现,那里的人民和他们的当权者享有公共议会和一个共同的——"

他剧烈咳嗽起来。

"好了，好了，"牧师安慰他说，"你已经给我讲了很多可以琢磨的内容了。"

他又看起书来。索又朝那些花儿望去，但它们已经失去了那种魅力和活力。

第二天早上，索坐在扶手椅上，牧师双手交握在胸前，躺在那儿凝望着天花板。他突然说："我一直在想，也许你应该跟阿瑟·斯梅尔谈一谈。"

"谁？"

"他是我们的理事会秘书，一个年轻人，事业心很强，满脑子现代化观念。你打开我的抽屉好吗？我应该保持不动。你看到钱包了吗？拿出来，打开看看，你会找到一些快照。不，把那张放回去，那是我妹妹。我想让你看看我们教堂。"

索看着两张照片，上面是一座普通的苏格兰教堂的内景和外景。

"考莱尔教区教堂。或许不算宏伟，不过我已经在那儿待了三十二年，所以我喜欢它。我喜欢它。老实说，自从发动机厂关门，那片地区就走上了可悲的下坡路。区会决定，明年必须把我们与圣罗洛克斯的会众合并到一起，因为成员人数并不像从前那么多，再继续负担这两处设施的维修费，就不合适了。圣罗洛克斯也是一座教堂，就在我们附近。我说的你听明白了吗？"

"明白。"

"现在两边的会众人数大致相当,所以阿瑟·斯梅尔认为,如果我们将教堂打扫干净,重新接好电线,区会就会安排圣罗洛克斯的会众并入我们这边,而不会让我们并入他们。我让你厌烦了吗?"

"没有。"

"斯梅尔先生为一家店铺装潢公司工作,我们那儿还有一位伦尼先生,他是粉刷匠兼装潢工人,还有两名电工,所以我们具备必需的技能,愿意帮忙的人手也很充裕。教堂变得比我记忆中多年来的模样更加清洁敞亮。但不幸的是(不过也可以理解),圣罗洛克斯也做了同样的事,做得更为出色。他们有个成员在加拿大发展得不错,他寄来一笔捐款,让他们用来清洗外面的石造部分,这笔钱我们可出不起。于是斯梅尔先生想出一个新主意……你进过苏格兰的教堂吗?"

"上学时进过。"

"那你大概发现了,在过去一百年里,我们将祖先摒弃的许多特色重拾了起来。当然,都没有什么坏处,就像祈祷书和主教,只是些小小的装饰品:侧面的讲坛、风琴、彩色玻璃,甚至有几座教堂还恢复了圣餐台上的耶稣受难像。但现代壁画绝对是新潮事物,而报纸、广播电台甚至电视台或许都会注意到,这会让我们在跟区会交涉时,手里多一张底牌。因此斯梅尔先生给美术学校的校长写信,问他可否推荐一名愿意接手此项工作的学生。因为,你瞧,我们出不起钱。校长回信说,古老的建筑若是因为稚嫩的新手拿出的作品而被毁掉,未免令人遗憾。斯梅尔先生十分懊恼。别怪我这么跟你说,这件事跟我没什么关系。"

索盯着照片看。从正面望去,教堂看起来像一座变黑的石砌犬舍,附带着一座矮胖的小塔楼,塔楼不比两侧的廉租公寓高。内部出奇宽敞,正是索以前的学校所采用的那种教堂格局。阳台三面围拢,第四面被拱形高坛贯穿,高坛的后墙上有三扇尖顶窗,左边摆着管风琴。他听凭直觉站在圆拱下面,衡量着单调的灰泥墙面。忽然,一股恐惧充斥了他的心,他觉得他不会获准装饰这座建筑。他把快照还回去,咕哝了一句"失陪",便穿过病房,匆匆离开了。

他穿过鲜艳的花圃与水池之间鲜亮的草坪,伏在一张长凳上,费力地喘息着。他合上双眼,看到了教堂内部的景象。种种画面像生长的树木一般,纷纷飘上墙壁,各种色彩像枝条一般,在天花板上交叉融合。他睁开眼睛,越过热气蒸腾的坎普西丘陵洼地里的旷野和林地,极目远眺。自怜的泪水滑落脸颊,他冲着蓝天低语道:"**杂种**,给了我想法,却不给我实践它们的力量。"他用拳头敲打着头颅的两侧,喃喃自语:"再让你有想法。再让你有。"

他爆发出一阵咻咻的笑声,站起身,回到了病房。

"我必须把一些事说清楚,"他坐在牧师身旁,这样说道,"我不是基督徒。我对上帝抱有某种信仰,但我无法相信，他会降世下凡，在一家店里制作手推车。我喜欢基督教诲人们的大多数内容，我喜欢他，胜过喜欢佛祖，但只是因为佛祖生来就有着异乎寻常的社会特权。我也真的很想画这幅壁画。"

索想知道牧师是不是在笑，因为他用一只手调整眼镜，遮住了脸庞，不过牧师放下手之后，严肃地说："如果你愿意帮忙，你的设计能让长老会的理事会满意，我们就满足了。我们这些人里，没有谁是苛刻、不近人情的。"

"好。高坛的天花板被石膏拱肋划分成六块。最适合它们的主题无疑是《创世记》第一章里的创世六日。"

"天花板？……斯梅尔先生认为，风琴对面那面墙是最合适的位置。"

"风琴对面那面墙上是第七天的世界，上帝看过之后感到喜爱的世界。"

"这样听起来，可以接受。"

"好的。我来画草图。"

他在笔记本上草草勾勒的构思，很快便发展成形，结果它们消耗了他用来呼吸的能量，他不得不两度中断，接受注射。上帝是设计中最容易完成的部分。他看上去孔武有力、无所不能，就像索先生，却带着率性的快活这样一副出人意料的表情，这取自艾特肯·德拉蒙德。第二天傍晚，他把草图拿给牧师过目。"我决定先从创世之前的宇宙开始画起，那时渊面深暗，神的灵运行在水面上。我会把它画在三扇窗周围的后墙上。"

"天哪,那块地方很大。"

"是啊,不过我会把它画成一片简单的、深邃而幽暗的蓝色,泛着银色的涟漪。现代科学认为,原初的混沌全是氢。我没法画出氢,所以我固守犹太人的古老观念:那个宇宙里充满了水。希腊人也相信,一切都是由水做的。"

"我觉得,他们相信最初的混沌是由原子和冲突组合而成,爱不在里面。后来爱加入进去,发挥了作用,赶走了冲突,将原子连接在一起。"

"你指的是恩培多克勒[1]。我指的是更早的泰勒斯[2]。"

"你真有学问。"

"我们不得不如此。如今我们不能指望赞助人的知识水平。依照传统,在混沌阶段,神的灵显化为鸟。我打算把他画成一个人,处在中间的窗户尖端上方。他是小个子,外形像一个坠落的潜水者,只显露出黑色的侧影,所以我们看不出他是扑向我们,还是远离我们。他是使混沌化为沃壤的种子,是命令混沌变为世界的言辞。"

"十分正统。"

"这是天花板。第一格显示的是第一天的工作,创

---

[1] 恩培多克勒(Empedocles),古希腊哲学家、诗人和生理学家。
[2] 泰勒斯(Thales),古希腊哲学家。

造出了光。一只金蛋漂浮在幽暗的水上,上帝在金蛋里面。他裸着身子,可以看得清清楚楚,依照传统,描绘成健壮的中年男子。"

"他的表情相当吓人。"

"我可以画得柔和一些。第二天是创造空间。他造出一片天,将水划分为上面的水和下面的水。上帝在下面的水中涉水而过,水没到他的腰间,上帝托起一片帐篷形状的天空,将它高举过头。光充满了那个帐篷。第三天,下面的水退去了,干燥的陆地固定在中间,上面覆盖着花草树木。早期的犹太人似乎沉迷于水,他们让上帝跟水缠斗了一个半工作日。"

"他们生活在幼发拉底河三角洲,"牧师说,"那里的水不只是从天而降,在洪水泛滥的季节,水真的会从土壤里汨汨地冒出来。水滋养着他们的庄稼和牲畜,也常常淹死它们。"

"我明白了。第四天,造就夜与日,日月星辰。第五天,造出鱼类和鸟类。随着世界渐渐完善,上帝渐渐藏身幕后,直到第六天,我们只能看到他的鼻孔从一朵云中露出来,将生命吹送进亚当体内,亚当从下面的造物中醒来。亚当外形就像上帝,只是更加忧郁。最后,这是正对着管风琴的那面墙。亚当和夏娃搂在一起,跪在从生命之树下面涌出的河水旁边。树上的鸟是一只凤凰。还有另外几个细节,需要设计出来。"

沉默许久之后,牧师说:"当然,我赞赏你投入其中的技艺和想法,我能肯定,长老会的理事会也会表示赞赏。但恐怕他们不会允许你描绘上帝。你瞧，他会吓坏孩子们。不过别的都还好：光、空间、海洋、大山、所有的鸟类和兽类——但别画上帝。哦，别。"

"可要是不画上帝，我们就只有一幅单纯的造物演化图！"索喊道。

"摩西的这个观点值得称道：对全能的主想象得最少时，他最为显在。而且会吓到孩子，未免令人遗憾。"牧师合上双眼说。

"那好吧，"索沉默片刻之后说，"我把他从天花板上去掉。但我**必须**画出他在混沌中潜行的样子。那是必不可少的。"

"很少会有人注意到他在那个位置。我能肯定，阿瑟·斯梅尔是不会反对的。"

次日早上查房时，教授在索的床边站定，说："克拉克先生和这位索先生是我们这儿待得最久的住客。病房里的其他人在入院之后，要么离开了，要么死掉了，只有这两位不断地好转又恶化，反反复复。克拉克先生已经七十四岁了，他这样情有可原。你就没有任何借口了，邓肯。你干吗要这样？"

"我不知道。"邓肯说。

"那我来告诉你，"教授愉快地说，"你可别生气。你够聪明，也够坚强，能明白我的意思，正因如此，我才不想背着你嘀嘀咕咕。先生们，折磨着这位病人的是适应作用。我来给你们举例说明一下，适应作用是怎么回事。一名三十多岁、辛勤工作的男子，并没有犯什么错，却失去了工作。他找了两三个月的工作，却一无所获。他的社会保险金用完了，开始花救济金。在这种情况下，对他来说，他的活力和积极性都是累赘。它们让他想要破坏东西和殴打他人。所以他的新陈代谢本能地降低了自己的水平。他变得不修边幅，萎靡不振。又过了一两年，终于有人向他提供了一份工作，他拒绝了。失业变成了他的生活方式。他已经适应了。同样，有些人患上常见病，来到这里，他们的病情在经过最初的好转之后，就不再对治疗有所反应了。为什么呢？在没有其他因素参与影响的前提下，我们必须认定：病人已经适应了**医院本身**。他已经回到了一种婴儿状态：他会觉得，痛苦难受和定期接受喂食，比健康带来的感觉更安全。告诉你们吧，他并不是在装病。适应的发生处于身心难以明确区分的地带。那我们怎么办呢？就你来说，邓肯，我们准备这么办。再也不开麻黄素、异丙肾上腺素、氨茶碱栓、镇静剂或安眠药了。从现在起，我们什么药也不给你开，除非发作确实很严重，就给你打一针。如果到下个星期五你还没好，我们就给你进行皮下注射，打一瓶肾上腺素，然后就把你丢出去。当然，如果这里是美国，令尊是阔佬，我们可以一直把你留到咽气，从中大赚一笔。所以你还是为自己感到庆幸吧。现在我们要检查考莱尔斯教区教堂牧师的心脏问题了。请拉围帘。"

索躺在那儿，气得浑身发抖。等教授离开病房，他爬起来，穿上晨衣，匆匆走了出去。他发现自己跑过重重庭院，嘴里嘟哝着："行，我走。我现在就走。我叫一辆出租车，现在就走。"

钟楼旁边的路堑上有座桥，他倚在桥栏杆上。底部的铁轨隐没在细长的草叶和一堆破碎的柳条筐子中间。路堤边上探伸出接骨木和黑莓，不过他透过它们看到了一个站台，布满裂痕，长满苔藓，散落着垃圾。他若有所思地回到了病房。

一个仪表整洁、长相年轻、三十岁左右的男子坐在牧师旁边，牧师说："邓肯，这位是斯梅尔先生，我们的理事会秘书。我把你的新设计稿给他看了，他很满意。"

"非常动人，"斯梅尔先生说，"不过当然，我对画缺乏鉴赏力。我关注的是实用方面，我由衷地感到高兴，我们终于又往前推进了。只要你同意，下个星期天，我就把这些草图带给长老会的理事会过目。"

他拍了拍大腿上泛着光泽的公文包。

"如果你愿意，我可以画一些更精细的设计稿。"索说。

"哦，根本不用。只要牧师满意，别人就不会抱怨——不管怎么说，不会公开抱怨。当然，你要知道，我们教堂收到的捐赠有限，不能付你酬劳。不过我认识不少人，等这件作品完成之后，我会帮你好好宣传一下。我们是不会让你的才华被埋没的。好了,你要用多长时间来完成?"

索思索着。他一点头绪也没有。他谨慎地说:"大概三个月。"

"你什么时候可以开始?"

"一旦我康复就可以。"索说,他突然感觉良好,"实际上,我星期五就出院了。"

"这么说到圣诞节的时候,你就完成了。那好。那样我们还有时间清理脚手架,为除夕的仪式做好准备。或许可以把落成典礼和圣诞仪式合并到一起?"

"我不这么想,"牧师说,"那样不合适。不过它可以跟除夕的仪式合并到一起。"

"好。新年时装扮一新的教堂。这会让区会好好考虑一番的。"

索感到内心有隐隐的警报声响起。他说:"那是一大片地方。我需要很多帮助。不必是技艺娴熟的帮助——只要能把颜色涂在我用粉笔圈好的轮廓里就行。"

"哦,到时候我亲自帮你。我一直在厨房的天花板上练习。出借脚手架的伦尼先生也会帮一把,这点我能肯定。我们不会缺帮手的。"

索从牧师的抽屉里取出指甲剪,从自己的晨衣上剪掉一角。他说:"首先,要给高坛那儿的灰泥墙面涂上这种颜色,一种偏紫的深蓝色,要用高品质的油性涂料,最后至少再上两道光泽漆。"

斯梅尔先生将这些话记在了口袋记事本上,把那半寸布头夹在纸页间合拢,说:"交给我好了。或许下周某个时间,你把你需要的各种材料列个清单给我。我相信,我可以找熟人,用折扣价把它们拿下。"索躺在自己床上,感觉就像拿破仑一样大权在握。

星期五,索又病了。头天晚上,病房护士给了他一支皮下注射器、棉花、消毒用的酒精,还有一小瓶肾上腺素,瓶口有橡胶盖。她教他怎么用,稍后他父亲带来了衣服和钱。现在他吃力地穿好衣服,不快地瞥了克拉克先生一眼(他又在抽烟),跟牧师道了别。在接待大厅,他打电话叫了一辆出租车,匆匆钻进后排座位,轮胎在湿漉漉的路面上转动的吱吱声抚慰着他的心神,因为天气终于有所变化了。

他在美术学校下了车,慢慢攀爬到人称"博物馆"的礼堂,有几个学生正在里面的桌子旁边写东西。索填好最后一个学年的登记表,拿着它走过走廊,留意着嵌有深色嵌板的墙壁、白色的石膏神像,还有穿紧身裤的女生,如今她们不再显得那么具有令人兴奋的实体感,而是肤浅得如同一张熟悉街道的照片。教务主任办公室门外排着一队人,于是他走进一间空着的画室,往小腿肌肉上注射了六滴肾上腺素。不久之后,他走进教务主任办公室,感觉自己外表是一副务实的做派,内心既放松又像在做梦。他交上表格,对方请他坐下。

"嗯,索,近来可好?"

"还不错,先生。有人托付给我一项重任。"他解释了壁画的事,又说:"您认为,我可以一直忙这个,直到圣诞节吗?"

"我觉得没什么不可以。明年六月,你参加毕业考试的时候,学校可以带评估人去教堂,看看你完成的作品。把这件事跟瓦特先生讲一下吧。"

"我能告诉他,您赞成这个想法吗?"

"不行。我既不赞成也不反对,它跟我没关系。瓦特先生才是你的系主任。"

"也许他不会同意。"

"哦?为什么?"

"他已经同意给我大量的自由了——我是说,让我在我自己的画室里随意作画。"

"那又怎样呢?"

"我没有任何可以展示的作品,我是说,我还没有完成的作品。"

"为什么?"

"我生病了。不过我现在已经康复了。如果您想要,我可以拿来医生开的证明。"

教务主任叹了口气,揉了揉额头,说:"走吧,索,走吧。我会跟瓦特先生说明的。"

"谢谢您了,皮尔先生。"索说,他动作轻快地站了起来,"您真是非同一般地好。"

在回家的电车上,他坐在一位带着购物袋的女士旁边,女士仔细打量了他一番,最后说:"你肯定是邓肯·索。"

"对。"

"你不记得我了。"

"您是我母亲的朋友?"

"你母亲的朋友?我是玛丽·尼达姆最要好的朋友。早在你父亲出现很久之前,我就跟她一起在'科普兰和莱'商店上班。告诉你吧,"她想了想,又说,"好多人自以为是玛丽最好的朋友。她交游广泛,大家都信得过她。彼此仇视的邻居也愿意向她吐露心事。可是她就这么走了。还有你外公也是,那个善良的老先生。"

她的语气让索感到不快。他几乎想不起外公了,那是个留着白色小胡子的高个男子,住在一个街区之外的一座半独立式别墅里。那个女人叹息着说:"当然,最先走的是你外婆。你以前可喜欢你外婆了。"

"是吗?"索惊讶地说,因为他想不起自己有过外婆了。

"哦,没错。你每次跟母亲拌嘴(你一直是个难搞的小孩),都跑去外婆家,她对你十分宠爱,你喜欢什么,她都拿给你。她去世的时候你很难过。你会去她家的后门,躺在那儿为她哭泣。"

"您是不是把我跟别人记混了?"

"还能有谁?肯定不是你妹妹。那时候她才两岁。真是个野丫头,你妹妹。"

片刻之后,这个女人哧哧地笑了起来,说:"告诉你吧,玛丽年轻的时候也是个野丫头。哦,她总能把我惊得目瞪口呆。我以前是个胆怯的孩子。我还记得,一个星期六,男子服饰用品店有两个小伙子跟我们约在斯科特纪念碑那儿见面。那是我第一次约会,我一分不差地准点到达,精心打扮了一番。小伙子们也是一样。我们等了半个小时,然后玛丽跟一名六英尺高的澳大利亚士兵挽着胳膊溜溜达达地走了过去。那年夏天,格拉斯哥到处都是澳大利亚士兵。她溜溜达达地走过去,一句话也没说,只是朝我这边挤了挤眼睛。小阿奇·坎贝尔心都碎了。第二天,我问她:'你怎么能这么残忍?'她说:'啊,你还能怎么对待系了短绑腿的男人?'还有一次,她跟三个不同的男孩,出去了三个晚上。'你怎么能这样?'我问。她说:'这个星期有歌剧。我自己可掏不起看三晚上的钱。'这三个男孩里有一个是你父亲。玛丽·尼达姆嫁给邓肯·索的时候,没有人比我更惊讶。好吧,她学乖了。"

"怎么个学乖了?"

"没什么,不过确实让人惊讶。我压根儿没想到她竟然会嫁给他。又过了四年,才有了你。"

索在父亲下班回家前三小时回到了家。生火的材料已经架好。他点上火,然后从琴凳上拾起一堆活页乐谱，摊在壁炉前的地毯上：对罗西尼和威尔第的粗劣改编、彭斯的歌谣，还有从盖尔语翻译过来的感伤译文——《赶母羊》和《借着炭火的火光》。他并不熟悉母亲的娘家姓，它被人用褪色的褐色墨水和工整的印刷体写在内封上，上面还有外公外婆家在坎伯诺尔德路上的住址和购买日期：全都晚于1917年，早于她结婚的1929年。

怀着突如其来的好奇，他看着壁炉架上面那张婚礼照片。他父亲（腼腆、高兴、傻里傻气、年纪轻轻）站在那儿，挽着一个苗条、笑吟吟的女人，后者穿着流行于二十年代的及膝婚纱裙。她穿着高跟鞋，显得比他父亲更高。索想不出，这个爱唱歌、在感情上极为大胆的活泼女店员，跟他记忆中那个严厉而憔悴的女人之间有什么关系。一个人是怎么变成另外一个人的？或者，它们就像一个球体的两面，是时间将憔悴的一面推移到了光的下面，而欢乐的一面滑进了阴影里？但如今只有寥寥几名老人还记得她年轻时的样子，很快，她年轻时的样子和她的时代都会被人彻底遗忘。他心想："哦，不，不要！"他有生以来头一次感受到了纯粹的悲伤，其中没有夹杂着怒气或自怜。他哭不出来，但泪水冻结成的冰山浮出了水面，他知道每个人心里都漂浮着这样一座冰山，他想知道，别人是否也像他这样，很少感受到它的存在。

索枕着那堆乐谱睡着了，一小时后醒了过来，觉得自己十分健康,他把针管和肾上腺素丢进垃圾箱,喝了一口医用酒精。给他的感觉就像跟好友一起喝下一杯威士忌,但那种滋味着实不妙,于是他把剩下的酒精倒在那包棉花上,把它丢进了火里。它"嘭"的一声冒出悦目的火焰,蹿进了烟囱。

第 28 章　工作

两个半星期之后,他手拿粉笔和测量杆,站在比高坛地面高四十英尺的厚木板台子上。他一边在蓝色拱顶上写写画画,一边大声唱道:

> 不朽坏,看不见,唯一英明的上帝啊,
> 在难以接近,我们肉眼难辨的光明中啊,
> 最有福的,最荣耀的,亘古常在者啊,
> 全能的,得胜的,你创造我时,知道自己在做什么。

脚手架低一些的平台上,还有靠墙的梯子上,帮工们笑了起来。他们每个星期来两个晚上:斯梅尔先生、装潢工人伦尼先生、一名年轻的电工,还有一个想上美术学校的十六岁女孩。伦尼先生最能派上用场,他是个六十岁的壮汉,上过教招牌绘制的夜校。他用巧手和可贵的耐心,给那面带窗户、深蓝色的拱形高

墙，画上充满流动感的涡旋状银色涟漪。其他人不如他画得好，但也同样卖力，那个姑娘是例外，她怕高。多数时间里，她坐在会众座席的前排，给其他干活的人画速写。他们喜欢她，因为她长得好看，还给大家准备了茶和三明治。

十一月初，天花板上满是各不相同的形状，那面构图优美、有窗的墙看起来有些寡淡无味，于是索用粉笔在上面勾画出圆石、火焰和云朵，准备了新的颜料，用来描绘这些图案。当天晚上，帮工们过来之后，斯梅尔先生爬上平台，说："恐怕你已经伤到了伦尼先生的感情。"

"怎么会呢？"

"他在那面墙上下了很多苦功夫。他很为它感到自豪。"

"怪不得。它很美。我之所以能想出更好的主意，都是因为他把我前面的想法很好地呈现出来了。等画上火焰、云彩和石头之后，他画的水还有四分之一仍然看得到。我会下去跟他解释的。"

可是等索爬下来的时候，伦尼先生已经走了，再也没有回来。此后，其他帮工也不再过来了。索想念他们，因为他喜欢跟人们一起工作，喜欢跟人们一起吃三明治，喝茶聊天。不过主体区域已经填充完毕，现在他可以开始进行独立的修改和完善了。

每天早上，他清洗干净的调色盘跟新颜料摆在一起，比什么图画都好看。爬上平台之后，他几乎感到遗憾的是，这些泪滴状的小块浓艳色彩（那不勒斯黄和金盏花黄、印度红和胭脂红、翡翠绿和两种蓝色），没有机会把它们那种热带风情的瑰丽散布到墙面上了。要显示出距离感和分量感，它们必须彼此混合，再掺上白色、黑色和棕色。但神奇的是，把猪鬃绑在棍子上，在浅灰色表面上涂抹油褐色的泥浆，竟然能制造出黎明的天空映衬着一排小山的效果。他涂抹颜料时，他的头脑变成了连接手、色彩、眼睛和天花板之间的一条单纯的纽带。下到教堂地面上观看这幅作品时，他有时会感到一股自私的激动，但他的头脑受够了专横地对待像自己这样无力的东西，很高兴能爬回自己的视力、想法、四肢、感受和画刷被图画当作工具用于自我完成的地方。在这种纯粹的工作最为忙碌的时候，常有古怪的性幻想来光顾他的头脑。他用快速自慰几次的方式摆脱掉它们，之后就能清净两天。

当他停下手里的活仔细聆听时，听到的通常是外面车辆驶过的声音，还有钟楼的钟"咔嗒……咔嗒"的声音。有时，这座楼背面的那片会议室、厨房、走廊会传来阵阵脚步声，工作日的中午时分，本地一所学校用作食堂的一间大屋，会传来一阵沉闷的叮当声。唯一定期来访的就是那位老牧师，傍晚他在小礼拜室接待完会众之后过来。他一动不动地坐在前排长椅上，一声不响、张着嘴巴仰望着天花板,他的存在常常会被遗忘,直到发现云彩、波浪或动物上有瑕疵,喊出"你不该这样!"时,索才会想起他的存在,然后往下看,加一句"抱歉"。牧师只是笑着点点头。一天晚上,索下来冲洗画刷时,他说:"除夕仪式前完不成,是吗?"

"抱歉,大概完不成。"

"哦,那可真遗憾。你瞧,人们要开始抱怨了。你觉得什么时候能完成?"

索畏缩地说:"区会什么时候要看?"

"我想,最晚是六月。不过你肯定能早于这个时间完成吧?复活节怎么样?起码又给了你四个月。"

索谨慎地说:"哦,或许到那时候,我就完成了。"

"这就说定了?我可以转告给长老会的理事会吗?"

"好的。说定了。"索阴郁地说。

快到圣诞节了,他在圣餐桌旁吃午饭时,一名中年妇女走了进来。她顶着一团狂暴的灰色卷发,穿着一件白色的罩衣,盯着他看,瞥了一眼壁画,又盯着他看。索跑过去,说:"库尔特太太!"

"嗯?邓肯?"

"您在这儿干吗?你给学校做午餐吗?"

"这样可以挣点小钱。"

"您好吗?罗伯特好吗?"

"还行,我觉得。当然,他对你不是很满意。你至少可以出席婚礼。"

"罗伯特结婚了？我一直不知道啊。"

"三星期前，给你寄了邀请函。"

"可我不在家住了。我现在睡在这儿。"

"这儿？"

"在那张长椅后面，我摆了张床垫。他的工程学得怎么样了？"

"哦，一年前，他就放弃那个了。他在邓迪市给《东北信使报》写体育版的稿件。"

"罗伯特当记者了？"

"是啊。他一直热衷于写作。"

"他从未跟我说过！"

"他不愿意说。一旦你的傲气上来，邓肯，别人甭想插上话。这不，汤姆森出版社刊出广告，招募记者，他给他们寄去了他写的一篇报道。我也不知道为什么，他在工程方面干得挺好的。不管怎么说，他们接受了他，现在他跟他们办公室的一个姑娘结婚了。"

"我一定要给他写信。"

"哦，你永远都不会给他写信的。你太只顾自己了。不过我想，人们就是这样出人头地的吧……倒不是说，你已经取得了多大进展。"

她打量着他穿在工作服外面的那件沾满颜料的晨衣。那是他母亲用一床灰色的厚军毯改的，既暖和又挡风。索尴尬地说："请转告罗伯特，错过他的婚礼，我很抱歉。"

讲坛能挡风,还有电暖脚器。在严寒的天气里,他发现蜷缩在讲坛八角形的地面上睡觉,要比身体舒展地睡在床垫上更舒服,他渐渐习惯了这样睡,春天来了也没再换地方。因为经常攀爬钢管,他手掌上磨出了茧子。复活节前,天花板画完了,脚手架撤除了,现在他踩着梯子,在画管风琴对面那面大墙。有一天,斯梅尔先生过来,很干脆地问:"你什么时候才能画完,邓肯?"

"我不知道。"

"可是天哪,你说要三个月,结果已经用了七个月!长老会六月就要过来检查了,我们应该尽早安排对我们有利的宣传了!"

沉默片刻之后,索说:"两星期之后,你就可以给记者们看了。那时候虽然没有完成,但看起来就像完成了。"

"你能发誓吗?"

"哦,是的,如果你想要的话,我发誓。"

斯梅尔先生离开之后,索爬下来,闷闷不乐地琢磨着高高的拱形墙。顶部,一只凤凰在生命之树的叶子和黄色果实之间隐没到火焰里,树枝庇护着乌鸦、鸽子、鹌鹑和松鼠。笔直的黑色树干将整面墙分成两半,它从前景处的一片草地上生长出来。兔子啃食着黄花九轮草,一只鼹鼠正在钻地,一头狍子在哺育小鹿。足够多的杀戮让食肉动物得以存活,让食草动物提心吊胆：一只狐狸把一只雉鸡叼给幼崽，知识之树上的一只黄褐色的猫头鹰用爪子抓着一只田鼠，其他田鼠在树根之间的枯叶中嬉戏着。赤裸的男女在巨大的知识之树下拥抱在一起，他们的身影清晰地倒映在生着灯芯草和鸢尾花的池塘里。这个池塘是一条河的源头，池水中有一只向着蚊蚋浮升的鲑鱼，还有在杂草丛生的卵石上建起马赛克圆塔的石蚕[1]。目前他还算满意。棘手之处在于背景：历史循环演进，河流的三角洲渐渐化为海洋。他越画，上帝狂暴的形象就越是不断地闯入，必须将他排除出去：上帝将亚当和夏娃赶走，因为他们学会了分辨是非；上帝喜欢肉类胜过蔬菜，他让第一个耕种者憎恨第一个牧人；上帝用水把世界清洗一空，只留下了足够数量的生物，让它们重新开始繁殖；上帝将语言变乱，以免联合起来的各个民族通过巴别塔接触到他；上帝让一个民族为他去侵略、灭绝和奴役，然后让另一个民族还以颜色。接踵而至的灾难绵延到地平线，最后索想用小山和绞架来加以阻隔，这时上帝受够了自己凶暴的本性，通过像罪有应得的罪犯那样被人挂上十字架，努力将神圣的悲悯注入世界。他告诉人们要彼此相爱，而不要互相伤害，用这种方式来实现自己的目标，这件事让人想起来就觉得好笑。索大声呻吟着，说："我并不愿意这样烦扰你，但我拒绝粉饰事实。我欣赏你的大部

---

[1] 石蚕，毛翅目水生昆虫的幼虫，用黏液、沙土、碎屑等筑成可携带的圆筒状巢，藏身其间，只露出坚硬的头和足。

分作品。我甚至不憎恨冰川时代，即使它让我的先祖变成了食肉者。你把丰饶导向灾难，然后用更多的丰饶弥补灾难，这样的做法让我感到惊异。如果你是一只忙碌的蜣螂，忙着把太阳推到天际线上面，如果你有一个鹰的脑袋，长着羊角和羊腿，我会表示理解和同情。如果你领导着一个由希腊语系主任组成的争吵不休的委员会，我也会表示同情。可你的书里说，你是个人，一个完美的人，我们只是你不完美的复制品。你还有这样的不良趣味：把你自己作为一个人物收进书里，让人看到你在社会上是被人排斥的。你从未接受过规矩方面的训练。很少有人像你那样险恶地对待自己的孩子。你为什么不给我一个火车站让我装饰？描绘史蒂文森、特尔福德、布鲁内尔和二十五万爱尔兰苦力的光荣事迹，要容易得多。可我却在这里，在一个摇摇欲坠的帝国，一个贫困的省份，一栋危楼里，用一种过时的艺术形式，阐释着你那不足为信的第一章。全靠我的天才这一奇迹遏制着我，让我没有为此感到沮丧，尽管如此，我的画刷还是被神学——那个科学的私生子——所阻碍。让我始终记住吧：一幅画，它首先是这样一个表面，上面的色彩是按照一定的秩序来安排的。这幅画里有太多的蓝色，我最好不要用更多的鸟来掩盖它。再画一朵云不会有什么坏处，一朵西奈山上空的雷雨云，形状就像一辆双轮战车，你就站在车里，很有牧师和长老会的感觉。如果我把你画得足够小，斯梅尔先生或许就不会注意到你，而且这里的构图不需要一个壮汉。"

两天后,一封电报送到他手上,上面写着:"速回美术学校。毕业考试已于昨天开始。彼得·瓦特。"美术学校看上去比以往更虚幻,他走进从前的画室时,其他学生发出讽刺性的欢呼。瓦特先生嘀咕着:"迟到总比不来好,索。"还递给他一张纸,纸上要求他为一艘豪华邮轮的餐厅设计一幅装饰面板画。他拿起一张硬纸板,花了一上午填上了一只男人鱼和一只美人鱼手拿刀叉,追逐彼此尾巴的画面,然后他说:"我已经竭尽所能了,瓦特先生。我现在就要回教堂了。"

"等一下!这场考试的完成时间是六个星期。毕业测评的一半分数要根据它来确定。"

"我知道,先生。对不起,不过我必须回考莱尔斯。您瞧——"

"你不能回考莱尔斯。你现在就跟我来,去见注册处主任。"

索被留在办公室门外有十到十五分钟,然后教务主任的秘书请他进去,这种程序挺不寻常。皮尔先生和瓦特先生坐在一张长桌的同一侧,远处有一把单独的椅子正对着他们。索坐在椅子上,随后是几秒钟听候发落般的寂静。那两个男人看起来都那么冷峻,索本能地让自己的目光归于涣散,把他们的身影变得模糊不清。最后教务主任说:"你对你在这所学校得到的待遇，有什么要投诉的吗，索？"

"没有。我得到了很好的待遇。"

"不错。但你忽视我们的忠告，藐视我们的权威，不但迫使我们在规则上做出让步，还迫使我们制定出新的规则，以免将你开除。当然，我们也受到了你的健康问题的影响，我指的不只是你的身体健康。"

一段更长的沉默，于是索说："谢谢您，先生。"

"你在入学的时候签署了一份申请表。这份表格就是一份契约，每个学年之初，你都要延续这份契约。社会就是靠契约来维系的，索。所有的政府治理、所有的商业、所有的工业都是人们许下承诺、努力遵守承诺的结果。作为稳定获取助学金的回报，你许诺要拿到苏格兰教育部的绘画毕业文凭。这所学校之所以存在，就是为了授予这份文凭。瓦特先生告诉我，你拒绝参加本次考试。"

"可我已经完成了。"

瓦特先生说："如果你只用画了半天的作品就通过了这次考试，其他学生会怎么想？"

索说："瓦特先生，我理解学校需要考试，也承认许多学生如果没拿到政府印制的那个纸卷，就根本干不成工作。皮尔先生，听到您捍卫契约和承诺，我感到很激动，因为如果这些得不到捍卫，我们就只能混乱不堪了。我不能否认你们说的真相，我只能用我的真相来与之抗衡。这次考试会危及一幅重要的画作。浪费我的才能，为一艘并不存在的邮轮做无足轻重的装饰,将会是渎神之举。不过我能看出你们的不易。你们必须支持美术学校,而我要支持的是艺术。解决方法很简单。别授予我这份文凭好了。我承诺不会感到不快。这份文凭没什么用处,对那些想当老师的人是例外。"

索身体前倾,想看到教务主任脸上赞许的神色,但那张脸皱缩得厉害,索坐了回去,感到孤独。教务主任说:"我这辈子从未听过这般炫耀知识分子的傲慢的话。你让我感到几十年来不曾有过的痛苦。你自鸣得意地坐在那儿,宣称黑的是白的,显然还期待着我表示同意。我没有什么忠告要给你,但我要告诉你这一点:如果你不马上回去考试,你跟美术学校之间的联系,今天就会彻底结束。"索点了点头,离开了办公室,感到头晕目眩。他往楼上的画室走去,试图想出些令人愉悦但毫无意义的装饰,好补充到试题中的面板背景上。他爬楼的动作越来越慢,然后停了下来,他转身往下走去。下楼时,他从上楼的瓦特先生身边走过。他们装作没有看到对方。

第二天晚上,索的父亲走进教堂,喊道:"下来看看这个,邓肯!"

索擦了擦画刷,下了梯子。

"看看这个!"索先生命令道,他动作僵硬地递出一封信。

"用不着。"

"你真该死,看看吧!"

"不用。是皮尔先生解释我为什么被开除的。"

"我的天哪,你把你的生活搞得一团糟。"

"现在判断为时过早。"

"你今后打算怎么糊口?"

"我还有一些助学金。牧师说等壁画完成后,会众也许会为我举办一次募捐。"

"那又能给你带来什么?二十镑?十四镑?八镑?"

"会有很高的曝光率,爸爸。我有可能接到其他绘制壁画的工作,有酬劳的那种,给咖啡馆和酒吧画。天花板已经画完了。你觉得怎么样?"

"我不会欣赏绘画,邓肯!我听从专家的意见。而你跟你的专家闹出了矛盾。"

"真正重要的专家是你和我,我们是唯一在场的人。请看我画的天花板!你不喜欢吗?看看那只豪猪!我是照着你给我贴在相册里的一张烟盒卡片画的,当时我才五岁。你不记得了吗?威尔的《不列颠野生动物》?它很适合那个角落。你不喜欢它吗?"

索先生坐在圣餐桌的一角,说:"儿子,我什么时候才能不受束缚?"

索被这个词搞蒙了。他说:"不受束缚?"

"对。我什么时候才能过上称心如意的生活?我不喜欢在城里当一个成本核算员。今年夏天,我本打算在苏格兰青年旅社或野营俱乐部找一份工作。虽然薪水不高,但我会身处山间,我可以散步、爬山、跟我喜欢的那类人打成一片。我快六十岁了,不过谢天谢地,我还健康。我原本指望你能在美术学校谋到一份工作。四年前,皮尔告诉我,有这个可能。结果你选择成为一个社会废人。你不像露丝!她就很独立。"

"我也很独立。如果说我最近吃了你的东西,睡在你的屋檐下,那是因为我生病了。"索不高兴地说。他有些惊慌失措,因为他从未想过,父亲会去追求自己喜欢的生活。索先生温和地说:"儿子,我不反感帮助你。听着,我准备再付至少一年的房租,即使我不在那儿住了。我们都可以把它当成一个基地,一个出发点。当然,我希望由你来支付你消耗的电费。"

"这很公平。"

"还有一件事。从你很小的时候起,我就给你买了两份保险,每个月给你存上几先令。现在该由你自己存了。坚持存钱,等你到了六十岁,就可以每星期领取五镑了。当然,如果你马上把它兑付的话,你会拿到不到五十镑。这由你来决定。"

"谢谢你,爸爸。"索说,他几乎露出了笑容。他之前说自己还剩下一些助学金,这并非谎言,只不过他只剩几先令了。

一星期后,一伙人走了进来,其中有斯梅尔先生和牧师。斯梅尔先生愉快地说:"这儿有位年轻女士想跟你谈谈,邓肯。"

索从梯子上爬下来。那名女士被一名带着昂贵照相机的高个男子衬托得颇为矮小。她的装扮多少有些马虎，但她举止间带着笑容，流露出自信，这点一开始不易让人察觉。她伸出手来，说："《晚间新闻》的佩姬·拜厄丝。"

索笑着说："你是要让我出名吗？"他就天花板讲了六七分钟。她看了看，往一本便笺本上草草书写着，她说："你们家非常虔诚吗，邓肯？"

"哦，并非如此。我从未受洗。"

"那你为什么如此虔诚？"

"我没有。我从不参加教堂的仪式。星期天是我的休息日。"

"那是什么让你在没有酬劳的情况下，画出一幅宗教作品的呢？"

"是雄心。《旧约》里有可以入画的一切：宇宙奇观、人物、梦境、冒险和历史。《新约》更单纯。我不是很喜欢。"

"看看湖边的这些兔子吧，拜厄丝小姐，"斯梅尔先生说，"你几乎能听到它们咬啮的声音。"

记者望着伊甸园的那堵墙，说："黑莓丛后面，脚下有一条蜥蜴的那个是谁？"

"上帝。"索说,他不安地瞥了斯梅尔先生一眼，"那条蜥蜴是腿还没去掉的巨蛇。上帝背对着我们——你几乎看不到他的面容。"

"但我们能看到的部分，看起来非常……看起来相当……"

"神秘。"索说,"他不只在观看亚当和夏娃做爱,他还能看见事后将他们逐出伊甸园的情景,还有一直流淌到世界末日之战的那条血腥的历史长河。最近我们就经历了许多这样的战争。他甚至能越过它们,看到圣约翰、但丁、马克思描述过的那座公义之城。我还没有读过马克思的作品,不过——"

"生命之树上的这些鸟儿,真是优雅细腻的奇景,不是吗,拜厄丝小姐?"斯梅尔先生在远处说。

"可为什么亚当是个黑人?"

"其实他的肤色比起发黑,更加发红,"牧师低声说,"'亚当'这个名字起源于一个希伯来语词,它的意思是'红土'。"

"可夏娃是白的!"

"珍珠粉色。"索说,"我听说在某些瞬间,爱情会让不同的人感觉像是同一个人。我用外形轮廓来表现这种合一,用色彩来强调分别。这是一种老把戏。鲁本斯[1]就用过。"

"你是参照模特画出夏娃的吗?"

"是的。"

"一个女朋友?"记者问,脸上露出顽皮的笑容。

"不,一个朋友的朋友。"索说,他画过珍妮特·韦尔。他闷闷不乐地补充说:"大多数女孩子愿意为画家做裸体模特,如果画家只是想画下她们的样子。"

---

[1] 彼得·保罗·鲁本斯(Peter Paul Rubens,1577—1640),佛兰德斯画家。

记者用铅笔敲打着嘴唇,然后说:"你认为生活是场悲剧,还是更像个笑话?"

索笑了,说:"那要看我看的是生活的哪个方面。"

"等你完成这里的工作,你会做什么?"

"我希望绘制一些商业壁画。我需要钱。"

"你喜欢这幅壁画吗,拜厄丝小姐?"斯梅尔先生说。

"恐怕我并不是艺术评论员。《晚间新闻》没有固定的艺术评论员。邓肯,你能爬上梯子,假装在画亚当和夏娃吗?一分钟就好。无论如何,我们得拍张照片。"

星期六,他买下报纸,急切地带到讲坛。文章这样写道:

无神论者描绘
上帝的面孔

> 大多数人认为,艺术家是疯子。那个出没于考莱尔斯教区教堂、胡须蓬乱、身穿沾满颜料的晨衣的人,很难让人们在这一点上放下心来。邓肯·索,自称是无神论者和马克思主义者,坦率承认自己正在那里绘制一幅大型壁画,并非出于其他考虑,只是因为渴求名声。

他惊恐地紧闭双眼。最后他睁开眼,飞速浏览完剩下的内容。

> 他会发出一声骇人的笑,就像患哮喘的海狮发出的吠叫,而且这笑声来得毫无缘由、出人意料。我有时纳闷,是不是因为我说了什么话,但经过反思,我觉得不可能是这个原因……
>
> 亚当是黑人?邓肯·索认为正是这样……
>
> "我找裸体模特并不困难。"他说,闪烁的目光透着不确定……
>
> 他希望今后绘制更多的壁画。他希望用这种方式赚到大钱。他说他需要钱。

他感觉就像胸腔被人注入了毒药,仿佛一半血液已经被放光了。他一动不动地坐着,直到老牧师踱进来问:"你是不是看了……?"

"是。"

"真是不幸。不幸。"

"她肯定是存心让人痛苦!"

"不,我不这么想。我在巴连尼监狱做监狱牧师的时候,见过许多记者,总体而言,他们并不比其他人邪恶。但他们的职业需要有娱乐性,于是他们尽可能地把所有事都变得滑稽或怪诞。如果再有记者过来,邓肯,我建议别告诉他们你的真实感受或想法。"

当天晚上,又有一名记者过来,他带索去小酒馆喝了一杯，解释说，要不是叔父反对，他也会搞艺术。索说："请转告你的读者，我不是无神论者。或许我是有自己的上帝观，但它跟教会——我的雇主——的看法并不冲突。"

两天后，这次采访见报：

并非无神论者

考莱尔斯的"疯狂壁画家"邓肯·索，否认他是无神论者。他说他有自己的善恶观，但它并不与之冲突。

经过这件事之后，索发现记者们对他的想法并无兴趣，尽管他们会问他，独自睡在这样大的一栋建筑里，不停地画亚当和夏娃是什么滋味。《格拉斯哥信使报》的记者是例外，那是一名高个男子，穿着一套裁剪优美的灰西装。他在前排座位上坐了半小时，盯着天花板看，然后坐在风琴凳上，望着伊甸园那堵墙。最后他说："我喜欢这个。"

"我很高兴。"

"当然，要让我对它进行评论，几乎是不可能的事。它既不是立体主义、表现主义、超现实主义，也不是学院派、激进现实主义，甚至也不稚拙。它有点像皮维斯·德夏瓦纳[1]，可如今谁还知道皮维斯·德夏瓦纳？

---

[1] 皮维斯·德夏瓦纳（Puvis de Chavannes, 1824—1898），十九世纪后期法国重要壁画家。

恐怕你会因为脱离发展主流而付出代价。"

"最好的英国画家都是这样。"

"哦?"

"荷加斯。布莱克。透纳。斯宾塞。伯拉。"

"哦,你喜欢这些人?当然,透纳**是**不错。他对色彩的运用启发了奥迪隆·雷东[1]和杰克逊·波洛克[2]。好了,我尽力为你宣传,不过这周是我最忙的时候。格拉斯哥和爱丁堡的学校要举行他们的毕业演出,所以我没有太多篇幅可用。"

《信使报》在一篇报道别人的文章末尾处,这样写道:

> 位于格拉斯哥东北部偏远处的考莱尔斯教区教堂并不好找,但辛苦前往的意志坚定者会发现,邓肯·索(尚未完成)的《创世记》壁画十分值得驻足欣赏。

报纸令他对这幅壁画感到厌烦起来。他已经耗费数月之久,让每一个形体都尽可能清晰和谐,没画一样没有让他感到可爱或激动的事物。他知道报道必然会简化和扭曲,但他也觉得,就算是最扭曲的报道也

---

[1] 奥迪隆·雷东(Odilon Redon,1840—1916),法国象征主义画家、版画家,超现实主义与达达主义运动的先驱。

[2] 杰克逊·波洛克(Jackson Pollock,1912—1956),美国抽象表现主义画家。

不是毫无根由,他的作品只招来了一些没用的闲言碎语。他蜷缩着身子躺在讲坛的地板上,时睡时醒,直到下午,然后起来盯着那面没画完的墙看,一边咬着自己的拇指指节。现在他只能从中看到一些复杂的形状。伴着"砰"的一声和说笑声,麦卡尔平和德拉蒙德走了进来,后面跟着麦克贝思。索惊讶地望着他们,深感宽慰。

"我们来了,"德拉蒙德说,"因为我们从报上读到,你在举办这样的工作日仪式:让黑人被白人女性强奸。"

"你看得出来,我们有点醉醺醺的。"麦卡尔平说。

"烂醉。"德拉蒙德说。

"大醉。"麦卡尔平说。

"酣醉。"德拉蒙德说。

他们开始在教堂里奔跑起来,绕过会众席的末排,按之字形穿过中殿,最后跑上顶层通道,因为在这儿能从新的角度观看壁画,他们停了下来,互相喊道:"我从这儿能看到整面带窗的墙。"

"天哪,这儿有个潜水的。"

"这棵树从上面看最棒。"

"但我在这边能看到一只屎壳郎,你看不到。"

麦克贝思心情沉重地坐在索的身边,说:"他们拿到了毕业文凭,可以开怀大笑了。"

最后他们下来了,德拉蒙德严肃地说:"它很好,邓肯,你没什么可担心的。"

"你们喜欢吗?"

"我们很嫉妒。"麦卡尔平说,"至少我是如此。去喝一杯吧。"

"好啊!去哪儿?"

"别忘了,我只有半克朗。"德拉蒙德说。

"我有二十六镑。"索说,"只不过还得用这笔钱坚持到画下一幅壁画。"

德拉蒙德说:"今晚显然是64酒之夜。"

"什么是64酒?"

"在发酵六十四天之前,没有一滴能喝醉人,但一满杯只要四便士。它酒劲太大,我每年只喝一次。喝两次就会损害健康。唯一一家出售这种酒的酒馆在格罗夫街,不过我们不会有事,因为我们有三个人呢。"

"四个人。"麦克贝思说,他态度坚决地站了起来。

夕阳投下片片漂移的阳光,夹杂着飘飞的暖雨,没有人冒出避雨的念头。德拉蒙德领着他们绕过赛特希尔公墓,穿过一些足球场,爬上名为"杰克山"的大片矿渣堆。他们能从顶部看到泛着黄色泡沫、名为"恶臭海"的湖泊,然后他们下了山,来到平克斯顿发电厂后面的屠宰场附近,沿着拉纤路前行,从连在一起的仓库中间穿过加斯库布路,走进一家酒吧。顾客们坐在靠墙的长凳上,隔着狭长的走道彼此对视着,就像火车上的乘客一样。他们全都四十开外,脸上和衣服上都爬满褶子。坐在索旁边的一位老妇人小声说:"都是上帝的子民,小家伙。"

索点了点头。

"而且他爱我们每一个人。"

索皱起了眉头。她说："你不用害怕跟一个老婆婆搭腔，孩子。"

"我不害怕。我为您刚才说的话感到迷惑。"

老妇人握住索的手。"听着，孩子，上帝是在世间行走过的最谦卑的人。他不在意你是谁，你做过什么，他仍然可以坐下与你同饮，并且爱你。"

索感到惊愕。他把造物主想象成一位不一定何时才会宽宏大量的主人，而不是一位友善的宾朋，但这位老妇人的信仰所经历的生活考验要比他的多，于是他温和地问："他与您同饮过？"

她点点头，冲着摆在她面前桌子上的一杯雪利酒微微一笑，握紧索的手，说："是的，他这么做过，因为它能提升你的心境。我刚才在读《星期日邮报》，有位医生在报上写道，很多人死于饮酒，但更多的人死于忧愁。如今我可以在星期六晚上过来，喝上半杯或两杯，听一听人们的交谈，我觉得我爱屋里的每一个人。"

麦克贝思往她这边俯过身子："如果上帝爱我们，为什么我们还这么惨？"

麦克贝思冲着她微笑，像是拿她当笑话看，但她并未生气，她不但伸出手去紧紧握住他的手，还抚摸着他的头发。

"因为我们不爱上帝，我们嘲弄和蔑视他。但他依然爱我们，不论我们做了什么。"

"哪怕我们杀了人？"

"哪怕我们杀了人。"

"哪怕你是共产主义者？"

"你是谁并不重要。当上帝在天国之门遇见你，问你是谁的时候，你对他说：'愿上帝原谅我。'然后他会回答：'进来吧。欢迎你。'"

索以前从未见过，这样虔诚的人会认为上帝的爱是一桩简单的事。他突兀地说："如果连我们自己都无法原谅自己呢？"

她没有听懂这个问题，索重复了一遍。她说："你当然没法原谅你自己！只有上帝能原谅你。"

"回答我的这个问题，"麦克贝思说，"你是天主教徒吗？"

"我是爱尔兰人——彻头彻尾的爱尔兰人。"

"那你是天主教徒吗？"

"你是谁并不重要……"

索呷着64酒，它的味道就像掺了水的草莓酱。麦克贝思因为伏低身子说话，露出了一道缝隙，可以透过缝隙看到麦卡尔平。索小声告诉他："我今晚离开教堂，就是为了彻底换换气氛，结果见到的第一个陌生人就是上帝的朋友。"

"啊！"麦卡尔平放下玻璃杯，高兴地说，"我能跟你讲讲上帝吗？我今晚头脑格外清晰。"

他身后是一个瘦弱的男人，在跟德拉蒙德探讨将活人的身体卖掉，用于医学研究的可行性。索说："你要长篇大论吗？"

"当然不会。你看，上帝是一个词。当有人说'我认为'如何如何时，'上帝'这个词指的是他没有提到的所有一切。根据普罗佩尔的反向排除定律（它可以让火柴盒里的一只跳蚤宣称，自己是看管整个宇宙的狱卒），每一个'我认为'如何如何的想法，都有对事物表象的私人化认知，而事物的真实面貌并非他们所想的那样。但由于每个思考者都反映出有别于上帝真实面貌的不同表象，而且由于上帝是我们指代整体的词，由此可以得出，人们普遍公认的有关上帝的种种，全都建立在误解的基础上。"

"你是个骗子。"麦克贝思喊道，他听到了一部分，"这位老妇人是对的。上帝不是一个词，上帝是一个人！是我用这双手将他钉在了十字架上！"

麦卡尔平用抚慰的语气说："因为竞争激烈的资本主义将我们从集体无意识中剥离出来，我们或多或少都被钉在了十字架上。"

"别跟我说什么钉在十字架上。"麦克贝思咆哮道，"有文凭的人怎么能理解钉上十字架是怎么回事？一年前，有个朋友对我说：'吉米，如果你再这样下去，你会死在臭水沟、疯人院或克莱德河里。'从那时起，我就一直处于这三种境地里。"

麦卡尔平抬起一根食指说："对我这样有充分感受力的聪明人来说，贝多芬四重奏弹错一个音符，令人痛苦的程度绝不亚于别人踢中你的屁股，或者你从克莱德街吊桥上坠落。"

"你认为你他妈很聪明，是吗？"麦克贝思说。这时那位老妇人跳了起来，开始跟每个人握手。当她来到德拉蒙德跟前时，他冲她咧嘴一笑，用令人惊讶的甜美声调唱了起来：

> 耶和华是我的牧者，我必不致缺乏。
> 他使我躺卧在
> 青草地上，领我在
> 可安歇的水边。

有几个人跟着唱了起来，其他人笑了起来，有几个人皱着眉头嘀嘀咕咕。老妇人爱抚着德拉蒙德的头发，说他看起来就像基督，然后说自己叫莫莉·欧玛莉，还在狭窄的过道地板上跳了一支吉格舞，她在过道中间冲着索喊道："上帝爱你，我的孩子！上帝爱你，我漂亮的孩子！"

"你在追求那个老女人，嗯？"旁边的一个老爷子问道。

"我？"索说，"没有的事！"

"瞎说。我像你这么大的时候，连猫都会去骑一骑。"

粗壮的酒保过来，不容商量地说："好啦，小伙子们，你们已经尽兴了。"

"尽兴？"麦克贝思心有不甘地喊道，"我尽什么兴了?"但他们还是被迫离开了。

外面刮着冷风,天空是徐缓的夏日黄昏惯有的绿色和金色。德拉蒙德说,他知道有个派对,便带领他们转入莱恩多克街,平时不难攀爬的小山今晚变得颇为陡峭。他们紧抓着彼此,避免摔倒,只有麦克贝思从一条岔路走远了。派对在一栋豪华大宅里举行,索发现其他宾客令人气馁。他们跟他同龄,但都是成人的衣着谈吐,都有月薪。他在一个昏暗的房间找了个角落,屋里的男男女女搂在一起,随着留声机的音乐舞动着。突然有个穿黑裙子的女人大声说:"天啊,是你吗,邓肯?你不跟我跳舞吗?"

他们跳起舞来,索着迷地望着她的金发和裸露的肩膀。她咯咯地笑着说:"你不记得我了,可你应该记得的。我是第一个跟你共舞的女孩。永远永远都是。"

他感激地咧嘴一笑,说:"我很高兴。"

"你还记得你觉得我像什么吗?"

"大理石和蜂蜜。"

"我还像吗?"

"像。"

"真让人感到宽慰。你瞧,我下个月就要嫁给一名事务律师了。他很有钱,也很性感,女人还想要什么呢?"她的举止有些紧绷,同时又兴高采烈,令他有些不解。她说:"我是个糟糕的女人,邓肯。我有四五个男朋友,我玩弄他们,让他们彼此争风吃醋,此时此刻，我非常喜欢跟艾特肯交谈的那个女人。你有没有喜欢过一个男人？"

"没有以亲热的方式喜欢过。"索说。

他把头依偎在她的肩上，他的双手搂紧了她的两瓣屁股。她说："别摸我，邓肯。"

"对不起。"索说，然后来到一桌酒水跟前，倒了一杯威士忌，像喝药那样硬逼着自己飞快喝光。味道很糟。"别摸我，邓肯"这句话一直在他心中回响。他无法忍受，但它们始终在他心里。他又倒了一杯雪利酒，喝掉，它的味道更好一些。然后是一杯杜松子酒，味道更糟。然后他上楼去了厕所。

他走进厕所隔间后，感觉隔间明显在旋转。他闭上眼睛，感觉就像身处一架不断坠落的飞机。他倒在墙上，然后又倒在地上。他抱住马桶较窄的部位，躺在那儿哆嗦着，希望自己能昏迷过去。他每次睁开眼，都能看到隔间在旋转；一闭上眼，又觉得隔间在坠落。外面响起捶打声和喊话声："开门。"但他说："走开，我冷。"过了一会儿，他们离开了。后来他听到奇怪的抓挠声和叩击声，他坐了起来。叩击声混合着隐约的喊声："让我进去！"还有强风的呼啸声。乌黑的窗玻璃后面有一副白色的面孔，它在说着什么，却听不到声音，索感到一阵有些迷信的惊骇，因为他记得厕所是在二楼或三楼。最后他爬过去，伸出一只手，拔起插销。窗户向内旋开，德拉蒙德跳了进来，带进来一阵雨。他说:"别担心,邓肯。"还用一块海绵擦干净了索的脸和衬衣。索说:"我冷,让我一个人待着。"

两个人把索搀下楼,走进一座空房子。一扇门被打开,索被带进一间有水泥地的小黑屋。他尖叫道:"这地方冷,我不想待在这儿。"

他被放在一张冰冷的皮沙发上,一些门被砰砰地关上,有个声音说:"你住在哪儿?"

"考莱尔斯教区教堂。"

"看在基督的分上,他住在哪儿?"

有个声音报出坎伯诺尔德路的一个地址,沙发抖动着、晃动着,开始向前推移。它显然是小汽车的一部分,车子在里德里的巷子外面停下之后,索已经能下车,自己上台阶了。幸运的是,他父亲已经不在这里住了。

一个星期之后,他恢复了足以让他重返教堂的自尊。那幅壁画给他的感觉焕然一新。他哧哧地笑着,四处蹦跳,从不同的角度去看它,新主意点亮了他的内心。他正要往调色盘上倒颜料时,牧师走了进来。他说:"你休了个假,邓肯。不错。你是需要休息一下……恐怕我有坏消息。格拉斯哥区会已经来过了……他们已经看过了,不是很满意。当然,我们的宣传没做好,亚当的肤色太惊人了。我告诉他们,这点你可以改,但他们不喜欢的是这件事的**行事方式**。恐怕我们要失去我们的教堂了。"

愤怒带着肾上腺素涌入了索的血管。他把梯子靠墙放好,说:"什么时候?"

"再过六七个月。明年年初的某个时间。"

"至少这给了我完成壁画的时间。"索说着,爬上了梯子。

"很抱歉,不过你得停手了。"

"为什么?"索说,瞪大了眼睛。

"我们收到了会众的投诉。他们想要在礼拜的时候,高坛的地面上没有这些乱糟糟的梯子、盆和滴落的颜料。理事会表示你必须停止。就连斯梅尔先生也这么说,他原先很支持你的。"

"什么时候?"

"下个星期天。"

星期天,牧师赶在礼拜仪式开始之前一小时过来了,他说:"好了,邓肯。"

索疲倦地爬下梯子,因为他工作了一整夜。他说:"这是我在这段时间里全力以赴的结果。"

"看起来蛮不错的。"

"如果有人问起这些符号,就告诉他们,它们原本会成为一群牛。"

"哦,不会有人问的。看起来蛮不错的。"

"如果他们说天空显得杂乱,就告诉他们,我本来准备把它简化一下。"

"它很美,邓肯,但你会画很久很久。很久很久。"

"如果他们说,地平线上发生的事件,分散了人们对大而简单的前景形体的关注,就告诉他们,我刚刚注意到这一点了,不过这是我的第一幅壁画,我没见过别人是怎么画的,我只能一边画,一边自己学。告诉他们,我请不起助手。"

牧师犹豫了一下,然后坚定地说:"按你希望的时间完成这幅壁画吧,邓肯。别理他们。继续画吧,随你怎么画都行。"

"哦!"索说,如释重负地哭了起来。牧师拍了拍他的肩膀,和蔼地说:"你尽管画吧,别理他们。"

第29章 出路

索不能再让教会支付画材的费用了。只剩十镑时他意识到，如果花光这笔钱，他就会陷入绝望；另一方面，如果他不动这笔钱，设法活下去，也许他就能维持很久很久。大楼深处飘来一股煮卷心菜的气味，这让他有了主意。下午两点左右，索去了教堂后面的巷子，那里立着垃圾桶，索在那儿找到了学校倾倒的残羹剩饭。他开始带着盘子过去，挑出成片的面包和羊肉、成块的通心粉和水果布丁。一天，他听到有人喊："邓肯·索！"结果刚好瞧见库尔特太太责难的眼神。他戒备地说："我不是要偷。这是没人要的。"

"你应该感到羞耻，像你这样一个有教养的男孩！"索端着堆得高高的盘子，从她身边走了过去，不过第二天临近中午的时候，她把一只大盖碗端进教堂，放在一张长椅边上，说："你的午饭。"

索急躁地说："您不用这样做，库尔特太太。"她哼了一声就离开了,以后每个工作日她都会这么做,星期五是例外,她会留下两碗。一天晚上,装潢工伦尼先生来了,有些唐突地说:"你还需要帮助吗?"

"比任何时候都需要。"

"行。我每个星期给你干两个晚上。"

伦尼先生开始换工作服,如今很容易落泪的索赶紧跑到教堂安静的角落。然后索回来说:"您看到我画的生命之树了吗,伦尼先生?它又大又美,只是位置不对。太靠中间了。必须往左移二又四分之一英寸,水果、鸟儿、松鼠,所有一切。您看出原因了吗?"

"别问我原因,只要告诉我怎么做就行。"

"我会的,伦尼先生。如果我神经质地喋喋不休,请多包涵,我怕您消失不见了。您能把脚手架再借我几天吗?我想对天花板再做些改动。"

"那样牧师会不高兴的。"

"就几天。"

尽管伦尼先生一星期只来帮忙六个小时,但索非常欢迎,索发现,就连伦尼先生不在的时候,跟他说说话,也会让自己感到安慰。

"我们不是在宇宙边缘工作吧,伦尼先生?不不,考莱尔斯是个历史悠久的地方。这条街上的电影院墙上,在一只堵塞的饮水器上面,有块花岗岩石板。这块石板以前一定是平放的,因为上面的铭文写道:詹姆斯·尼斯比特[1]长眠于此，他于1684年在此殉道。我觉得这片地区原本是蛮荒之地。他因为不带祈祷书敬拜上帝，临时编造祈祷词，被政府军队枪毙……是坏事吗？不，是对法律和秩序的质疑。不肯按照审定本祈祷书祈祷的人，有可能会请求上帝改变政府，从而暗中给政府造成危害。所以'砰砰'，再见了，吉米·尼斯比特。但四年后，来了另一帮政客，他们发现，没有祈祷书，苏格兰更容易统治。于是军队不再追捕不肯照本宣科地祈祷的长老会教徒，转而追捕照着拉丁文祈祷书祈祷的天主教徒。在卡西诺电影院那地方（他们准备明年把它改造成宾果游戏厅），一块石板陈放在尼斯比特的尸骨上，石板上刻着一首不甚讲究的诗，结尾的句子挺感人：

你瞧，正因为不列颠陷于罪疚，
所以要问：哦，读者啊，你自由吗？

我们自由吗，伦尼先生？我们当然自由。我们正在制作我们自己的宇宙模型，根本就没人搭理我们……"

"没错，是埋葬殉道者的好地方，伦尼先生。在墓地里再往前一些，是为贝尔德、哈迪、威尔逊和一些纺织工人立的纪念碑，1820年，他们差点就推翻了英

---

[1] 詹姆斯·尼斯比特（James Nisbet，1625—1684），苏格兰长老会誓约派成员，在教派斗争中被处决。

国政府。那时的政府很不牢靠。它刚打了一场大胜仗，遍地都是失业者。机械化把有产者阶级变得更加富有，工人阶级更加贫困——尤其是纺织工人。在纺织业城镇里成长起一个秘密组织，它谋划着举行一场大罢工，刺杀内阁成员，袭击军营，让每个人都有投票权。是不是挺机智，嗯？叛乱的细节基本被政府的暗探摸清了，当那个伟大的日子来临，他们在动员人们采取行动时，遇到了困难。但斯特雷文村和贝尔希尔村的一些热心人举着红旗出发了。他们当中有四个人，真的让一面红旗在卡斯金山坡冉冉升起，之后他们便回家喝茶了，因为显然什么事也没有发生。于是贝尔德、哈迪、威尔逊被逮捕、审判并处以绞刑，血色的革命浪潮就此退却了。后来有一天，政府发现，它可以把投票权赋予几乎每一个人，并不会因此丧失自己的权力。失业者们获得援助，坐船去了加拿大、澳大利亚、亚洲和非洲，在那里掠夺原住民的土地，得以发家致富。不列颠变成了一个帝国，之后每个人都过得很幸福，人们立起一座纪念碑，纪念贝尔德、哈迪和威尔逊，他们是为了让我们获得自由而牺牲的。但不要以为，这种炽热的激进主义让我们变得不那么虔诚了，伦尼先生。上个世纪，格拉斯哥还在到处兴建教堂。如今有一半已经变成了仓库。也许你和我正在画的这座建筑，会成为全英国装饰最出色的摩托车和电视机配件仓库。"

晚些时候,他说:"我道歉,伦尼先生,我并不相信这一点。我相信,这座教堂会被拆除,但首先,这幅壁画必须被完美地绘制出来。一旦一样东西达到完美,它就是永恒的。以后它有可能被毁掉,或者慢慢地衰朽,但它的完美被安全地保存在过去,过去是这个宇宙唯一无可改变的部分。没有哪个政府,哪股势力,哪个神明能抹杀过去。过去是永恒不灭的,每天我们的失败都会落入其中:我们搞砸的风流韵事、我们毁掉的家园、我们未能善待的儿童。就让我和你,伦尼先生,给永恒制作一份礼物,一样完整、完美、和谐、全然无害的东西。这样东西的每个部分,都是用智慧和爱精心造就。这样东西既不是毁灭性武器,也不能被热心公益的商人出售获利。还要记住的是,伦尼先生,我们正在做的并不是什么新鲜事。已经有五六千年了,埃及、伊特鲁里亚和中国画家把他们最出色的作品放入永不开启的墓地里。古希腊人和罗马人所拥有的达·芬奇、伦勃朗和塞尚这样的天才,跟我们的一样多,他们留在灰泥上的画作,除了庞培还有几平方码,如今都已化为烟尘。我并不觉得遗憾。过去的伟大艺术品留下的彩色照片已经太多了。要不是有那么多彩色复制品,二十世纪中叶哪还有理由以富有艺术色彩自居呢……要不是有我和你,伦尼先生。"

"别冲我摆出那副屈尊俯就的态度。"一个声音说。

索吃了一惊,画刷掉了下去,因为这时已经是凌晨三点了。他笑得浑身发抖,从梯子上爬下来,说:"我永远都不会再对你屈尊俯就了，伦尼先生，只要你保证，你不在这儿的时候别跟我说话。对不起，我有点累了。"

睡觉已经变得像工作一样容易，因为他梦到自己身处壁画之中。"就是这儿：大地、天空和阳光。"他对自己的父亲上帝说，他们绕着荆棘灌丛漫步，巨蛇摇晃着尾巴，跟在他们后面。这是个晴天，海葵在潮汐形成的水洼里歌唱。"等我把它整理好，你就可以收回了。我不喜欢欠债。如你所见，我不会为合理的痛苦和死亡感到烦恼。"他们仰望着一只鹰，鹰用爪子抓着一只小兔，停留在悬崖顶部。在下方的河里，两只天鹅将脖颈缠绕在一起，第一对恋人在远处的海岸彼此屈膝相对。西方的地平线上耸现出巴别塔的巨大残骸，小小的人形在塔顶挥舞着旗帜；东边的西奈山处于一片恶劣天气的笼罩之下，牧师正在雕刻律法的三角测量表。"性爱和历史是我无法解决的难题，所以我把它们按照你给予的形式原样奉还，只是表述得更清晰了一点。我到新年就能完成，等到那时，我就不欠你任何东西了。不过假如你能再给我介绍一些肯出钱的客户，我会心怀感激的，我需要钱。失陪一下。"他上去将西奈山上空的闪电向右移了二又四分之一英寸，让它与知识之树的裂缝形成呼应。他失去了清醒的感觉。他闭上眼睛躺着的时候，他的心灵慵懒地旋绕着高坛的墙壁，停留在拱顶上，选取当天工作的区域。他甚至能以平面图的形式看到自己的身体，蜷缩在讲坛里，就像坚果里的幼虫，他知道，身体很快就会带着重量登上梯子，跟他的想法会合，加入工作当中。身心彻底奉献给壁画之后，性幻想再也没来打扰过他，只有在感到画刷重得拿不动的时候，他才知道自己需要进食了。最为奇妙、如梦似幻的时刻发生在他离开壁画的时候：他坐在圣餐桌旁边，吃着库尔特太太盛在碗里的一块块乳蛋糕，与此同时，老牧师盯着他，喃喃地说："哦，是的，你是一位真正的艺术家。一位真正的艺术家。"

过了一些时候，他在市中心的一家顾客盈门的美术品商店，不慌不忙地窃取管装颜料。又过了一些时候，他站在人行道上，约定跟琼·黑格见面的时间。

"你不会来的！"他冲着她的脸笑着说，"我知道你是不会来的。"

"哦，别担心，我会去的。桥边的佩斯利角。我会去的。"

"我也会，但你是不会来的。"

他又笑了，因为他觉得自己不是在此时此刻，而是在两三年之前跟她说话。

下午，天黑得早，索在薄暮中颇费眼力地工作着，这时有人在他身后咳嗽了一声。一男一女站在中间的通道里，等索的眼睛适应了教堂地面更亮的光线，他发现女的是玛乔丽。男的诚恳地说："哈啰，邓肯。"玛乔丽扬起手，微笑着。索说"哈啰"，带着微微的笑容，俯视着他们。男的说:"我们在伦齐区拜访朋友,心想真怀念从前什么的,为什么不过来看看邓肯?所以我们过来了。"

男的眯着眼睛,透过梯子往上看。

"在这样的光线下工作,你肯定有猫一样的眼力。"

"开关在门后。"

"不不。不不。我很喜欢这种昏暗的光线,更神秘,如果你明白我的意思的话……很动人。很动人。"

玛乔丽说了句什么,他没听清。他说:"什么?"

"这不是你平常的作品风格,邓肯。"

短暂的沉默之后,索说:"我试图表现出更多的空气和光亮。"

男的说:"的确。的确。"他后退到教堂的主体区域,望着壁画,低声哼哼着。他说:"你快画完了。"

"早着呢。"

"我毕竟看不来画,我看着像画完了。"

索指出几处需要重画的地方。

"你还要画多久?"

"几个星期吧。"

"然后你做什么。教课吗?"

"我不知道。"

他转过身去,假装工作。他听到那个男的咳嗽了一声,说:"好了,玛乔丽。"又说:"我想我们该走了,邓肯。"

索回头看了看,道了再见。两人走到了教堂中央。

男的说:"顺便说一句,你知道我和玛乔丽正在考虑结婚的事吗?"

"不知道。"

"是的,我们正在考虑。"

"好的。"

一阵沉默,然后男的说:"好了,再见,邓肯。我们结婚的时候,你一定要来看看。我们仍然时不时地想起你。"

索喊道:"好。"

音节在天花板和墙壁之间回荡着。他看到玛乔丽在门口那儿扭头回望,扬起手来,但他看不清她有没有微笑。

这时天太黑,已经无法工作了。他躺在厚木板上,思绪莫名回到玛乔丽身上,就像舌尖回到拔牙后留下的空洞一样。他能肯定,他刚才看到的女孩并没有特别的美貌或才智。他不明白,为什么她以前一直代表了他对女人所有的向往。现在的她并不像玛乔丽,正如索太太的尸体不像他母亲一样。他希望自己当时能说点既讽刺又难忘的话,但她没给他这个机会。

"这不是你平常的作品风格,邓肯。"

他颤抖着,缓缓爬下来。他的身体感觉格外沉重。他打开灯,望着那幅壁画。它看起来糟透了。他登上顶层通道,他在这儿放了一面大镜子,用来应对这样的紧急情况。当他在近距离工作太久之后,这样用镜子一照，经过左右颠倒的倒映，这幅壁画有时会变得焕然一新，令人激动。现在它看起来比他的肉眼所见还要糟糕。他把镜子丢在下面的会众席上，喊道："不是美！不是美！什么都没有，只有饥渴！"

他努力把指节全都塞进嘴里，然后来到楼下，从会众席捡起镜子最大的碎片，奔来奔去，试图捕捉到一处清新的画面。他本想用柔和的蓝色、褐色和金色营造出和谐的效果，用星星点点的纯色加以活泼的点缀，但他只能看到笨拙的黑色和灰色、触目的红色和绿色。他试图将人体展现在柔光的深处，让它们与云朵、小山、植物和动物共享一片空间，但他的空间勉强有一英尺深，他笔下的人物像是硬塞进去的，就像塞进了一个狭窄的碗柜里。他的壁画所展现出的，是一个神经质的处男那扭曲的捕鼠夹般的世界。他把镜子碎片猛地丢进高坛。

"那不是艺术。"他喊道，低下头，胡乱抓挠着，"不是艺术，只是饥渴的咆哮。哦，她为什么要来找我？她为什么不留下？如果她不肯取悦我，我怎能为她造就一个美丽的世界？哦，上帝，上帝，上帝，让我杀了她，杀了她！我必须离开这里。"

他走进小礼拜室旁边的厕所，脱下晨衣和工作服，开始洗漱。楼上的考莱尔斯女子社交俱乐部传来大声合唱《现在是谁抱歉？》的声音。他用浸了松节油的报纸擦掉膝盖上的颜料污渍时，发现一张电影《试飞员》的海报。一名健壮、略显苦恼的男性的头部从加装了衬垫的机舱望着外面的天空，机舱内安装有麦克风、电缆和刻度盘。一个女人侧着身子站在旁边，她背对着飞行员，但侧转过脸望着他，露出撩人的笑容。她有着短短的黑发，嘴唇就像琼·黑格。她赤着脚，戴着脚镯，穿着黑色薄纱裤，有一道开衩从脚踝延伸到腰际。一件无袖的黑色薄纱衬衣遮住了她的胸部，但袒露着乳沟、喉咙和上腹。他的性幻想悄然升起，开始撕扯和玩弄她，但他将海报揉成一团丢在一边，心想："女人从来都不是这样的。或者她们看起来像是这样，之后就会说：'别摸我，邓肯。'但那要怪我。我见过她们跟别的男人在车站上，她们靠在男人身上，望着他们的脸庞，毫不掩饰地想要讨人喜欢或得到欢乐，因为她们看得出男人想要得到她们。但我没有吸引力。无所谓了。妓女们就是靠我这样的男人谋生的。我必须去巴斯街。"

他穿上外套，注意到两张五镑的钞票还在夹克口袋里。回到教堂关灯时，他注意到这地方臭烘烘的，恶臭扑鼻，让他有那么一瞬间还以为这里起火了。然后他分辨出，这种腐臭甜腻的气息是他母亲死后出现的。他哀伤地笑着说："还在吗，老女人？比以前更浓重了，如果我的鼻子还管用的话。我必须看看，我能不能在巴斯街摆脱你。"

十点了，往城区开的电车几乎没有乘客了。他坐在车上，啃咬着指节，望着窗外。邪恶刺激的性交幻想，被躺在某个假装喜欢他的人怀里安然睡去的念头变模糊了。他下了电车，走进西摄政街。两个女人站在布莱思伍德广场对面的角落。走到她们身边时，他加快了脚步，又放慢了脚步，骂自己懦弱。他想起自己有两三天没有吃饭了。他在查令十字附近的一家商店买了包薯条，边走边吃，走进巴斯街。一个女人站在街角，穿着红外套，拎着一个大大的黑色手袋。她看起来太老，太高贵，不可能是妓女，但她似乎在马路远远的另一侧，从侧面留意着他。他倚着栏杆站着吃完薯条，心在胸膛里怦怦直跳。他把硬纸板盒子揉皱丢开，正要穿过马路，这时他看到有人过来了。有个小个子男人沿着对面的人行道，步履蹒跚地朝那个女人走去。女人转过身来望着男人。男人放慢脚步，摸索着几个口袋，掏出一个烟盒。他们站着聊了一会儿，然后她摸出一支烟，男人把它点着，他们一起往索基霍尔街去了。索满心恼怒和释然地走开了，走进格林戏院旁边的一家咖啡馆。他要了一杯咖啡，一直坐到柜台后面那个意大利人开始把椅子扣在桌子上，清扫地面为止。这时，召妓的主意已经变得令人十分沮丧，但他已经无路可退。教堂和家，他都再也不想回了。他出了店门，走进伦菲尔德街。

时值午夜，但还有人在四处走动：一两个衣着合体的男人在步履轻快地走着，一个身穿肮脏外套的闲汉在街角读报。两个女人站在马队路面。她们年纪轻轻，都是高个子，穿着毛皮镶边的黑外套，敞开的衣襟露出里面的裙子。其中一个把一条腿伸到前面，把裙边拉到大腿那儿，摆弄了一会儿她的长筒袜顶端。她身旁的那个女人眼神轻蔑地东张西望着。索停下脚步，那股神经兴奋的感觉，让他觉得自己的胃仿佛被箭矢给钩住了。他扬起手，穿过马路，试着微笑。他对正在往下拽裙边的那个女人说："哈啰。我觉得我们认识。"

另一个女人说："你说得不对。你认识的是我。"她盯着他看。他说："好吧。"

弯腰的女人直起身子，说："回头见，格蕾塔。"

"啊，好吧。等等，过来一下。"

她们挪到一边窃窃私语。两人都有显眼的青铜色头发，烫着一样的发型。格蕾塔穿了一条紧身的裙子，显露出像瓮一样的腰臀曲线。它是前排扣的，从扣子延伸出来的褶皱像纬线一样绕遍她的全身。索既激动又迷惑，事情竟然如此顺利。略矮的姑娘说："晚安，格蕾塔。晚安，大男孩。"然后走远了。另一个挎着他的胳膊。廉价、甜腻的香水味冲进了他的鼻孔。他说："你有自己的地方吗？"

"我当然有地方。"

"我们要坐出租车吗？"

"嗯。我们新潮一把。"

他朝一辆驶近的出租车挥了挥手，满怀信心地看着车子停到路边。他们上了车，女人报出一个地址。

他把身子往后一靠,感觉自己得到了照顾。女人说:"你是想要一小段时间的?"

"整夜吧。我有点累。"

"你得花。"

"多少?"

"哦,十镑,别紧张。"

索有点震惊。"这么多?……我只有几镑十六先令十便士。付完出租车费就更少了。"

"我觉得这样也行。"

他犹豫了一下,然后说:"要把我暖和过来,你会费些手脚。我冷得就像一条鱼。"

她拍了拍他的膝盖。"哦,我会把你暖和过来的。我很行的。"

出租车停在一座教堂的白色柱廊旁边。索付了车费,来到人行道上跟女人会合,他说:"我们是要结婚吗?"

"我就住在拐角那儿。"

他们走进楼座中间的巷子,索原先的画室也在这片街区。他爬楼梯很吃力。女人说:"你身体不舒服,是吗?"

"只是有点累。"

门旁边的毛玻璃窗上,有个三角形的黑窟窿。她把手伸进窟窿里,掏出一把钥匙。她打开门,两人进去后,她把门小心翼翼地关上,小声让索保持安静。

她领着他,摸着黑,登上吱嘎作响的狭窄楼梯,打开另一扇门,进屋后把它关上,按下一个开关,他看到一盏台灯照出玫瑰色的灯光,台灯有着粉色的缎子面灯罩。他们是在一间舒适的阁楼卧室里,天花板是斜的。女人打开一个电暖炉,脱下外套,坐在床上看着他。他开始脱衣服。

过了一会儿,她忽然用怀疑的口吻说:"那是什么?"

索喘着粗气,没有回答。她说:"停下!那是什么?"

"没什么。"

"你说那没什么?"

"这是湿疹,没有传染性,你瞧——"

"不,不要!停下!停下!"

她站起身,开始穿衣服,说:"我不能冒险。"

索望着她,嘴巴傻乎乎地大张着。他还是不敢相信眼前的事。她扣好了裙子上的扣子。

"起来!"她粗暴地说。

他缓缓坐起来,开始穿衣服。他依然大张着嘴巴。有那么一两次,他停下来,费力地盯着地面看,她让他动作快点。他感到头晕目眩,说:"让我坐一小会儿。"

他听到她用和善一些的口吻说:"我不能冒险。"

"它不是你想的那样。没有传染性。"他从屁股口袋里取出三镑纸币,放在桌子上。

"这是为什么?"

"为了你的时间。"

"拿回去吧。"

他看着钱,没有动。她抓起钱,塞进他的夹克口袋。他站起身,穿上夹克。她领他下了楼。

索沿着后街,慢慢走到德拉蒙德家,打开那扇门锁坏掉的门,悄悄摸进门厅附近的一个房间。街灯的反光照出一把人造革扶手椅,座位上搁着瓷器摆件。他把它们挪开,坐了上去,把胳膊肘支在膝盖上,下巴支在指节上,直到寒冷的阳光照在窗外的屋顶上,他冷得牙齿打战。在偶尔的清醒梦中,他似乎只是屋里的一件物品,就像壁炉架上的钟表,脚边的摆件。话语声从厨房传到他这边,他也像物品一样无动于衷。有一次,德拉蒙德先生从门口走过,大声念叨着:"纯粹是一派胡言……"然后传来使用厕所的声音。索用一块小地毯裹住自己的身子,以此御寒。他开始梦到自己是一块地毯,一块肉做的垫子,上面有个窟窿。某种可怕的东西正要从那个窟窿里冒出来,他能闻到它冰冷的呼吸。他听到一阵急促的脚步声,有个声音喊道:"寄生虫,乞丐!"

他睁开眼睛,看到一个充满活力、身体绷直、岁数很大的女人一脸责怪地瞪着他。一只手放在腰间,另一只手拎着一只鸟笼,栖木上有一只金丝雀的填充标本。她低头看了看它,泪水盈满了双眼。

"可怜的小乔伊,"她柔声低语道,"可怜的小乔伊。

那只该死的猫。寄生虫，无赖！"她又喊了起来："我受不了了！"

德拉蒙德大步走进来，说："收敛点吧，妈。哦，哈啰，邓肯。妈，看在上帝的分上，给自己冲一杯浓郁的黑咖啡吧。"

"我再也受不了了！你弄得满家都是你的莫莉们和珍妮特们，直到这些该死的女人的臭味把我逼走，然后你的懒鬼朋友爬进来，挪动了我的好姐姐全部的瓷器，我受不了了！"

"这件事真抱歉，邓肯。"德拉蒙德冷酷地说。他拉起母亲，把她扭出了房间。索离开了。

这是个阳光明媚的早晨，城市散发着廉价香水的臭味。他诡异地游荡到布朗茶室，在茶匙叮当响的温暖环境里坐了一两个小时。他感到头痛。一个身材娇小的女孩在他身边坐下，说："你好，邓肯，你今天看起来衣冠楚楚的。也许有点起皱，但还是很雅致。"他盯着她看。她说："你还记得你以前说过，疾病有时候也有用吗？"

他盯着她看。

"嗯，我的医生也是这么跟我说的。你瞧，我母亲自杀时，我才三岁，也许……后来我跟姨妈一起生活，医生认为，我让自己生病，好……好被人照顾。他说我先是让自己患上胸膜炎，然后是贫血，然后是感冒，所以现在我要去看精神科医生了。你还好吗？"

索盯着她看。他听到了那些话,但它们似乎毫无意义。

"你知道有个人,我忘记他叫什么名字了,说你是天才吗?你知道是谁说的吗?"

索盯着她看。

"我忘记他的名字了,不过他是个画家……我觉得他的姓是 B 打头的。他很有名。不管怎么说,这应该会让你觉得……很……我在等彼得过来,他快到了。你知道我结婚了吗?"

索笨拙地站起身,登上台阶,来到街上。一辆里德里的电车停在旁边的交通灯跟前,他有些吃力地上了车。他坐的底层座位像只狗。当他看着它,用手触摸它的时候,它显然是个座位,不过当他在强光中闭上眼睛的时候,它就像是一只巨犬。起身回家颇为费力。到了屋里,他蹲在壁炉旁边的地毯上,用双拳按住疼痛的额头。过了一会儿,他感到地毯站了起来,走进卧室,把他倾倒在床上。他脱掉衣服鞋子,扯过毯子盖在身上。湮灭感从天花板像一吨砖头似的落在他身上。

他在身体上方的空气中醒了过来,身体还躺在那儿,张着嘴,睁着眼,脑袋歪向一侧,离开了枕头。他正想着要不要离开身体,身体动了,发出呻吟,他马上变成了身体的一部分,坐了起来。他心中充满枯燥无味的平静。外面的主路上没有噪声传来,楼上和楼下都没有一丝声音。空气十分轻松地进出着他的肺部，倘若他没有感到饥肠辘辘，他准会以为自己已经死了。他把沉重的被褥拽到一边，把脚垂到地面上，试图小心站起来，结果摔倒在地。他躺了一会儿，脑袋刚好在一把椅子底下，他笑得浑身发抖，过了一会儿，他没有站起来，就穿上衣服，爬进厨房，来回摇着头，喃喃地说："全因为一小块皮肤，全因为一小块干燥的皮肤。"他吃力地直起身子，吃了两块燕麦饼，又洗了一根干枯的胡萝卜吃，他的胃只能容得下这些了。他坐在一把椅子上，试图整理头脑中的思绪，就像整理棋盘上的棋子一样，但思绪又少又小，总是从他的指缝中溜走，于是他盯着一只蜘蛛，它趴在电暖炉上，抽动着太多太多的腿。他对它嫌恶不已，攥拳便打，但他收拳之后，那只虫子趴在那儿抽动着，毫发无损。他怒气冲冲地捶打了好多下，却并未把它砸扁，直到金属盖的炉子擦伤了他的拳头，他才罢手。

突然，空中有话语声传入他的耳中，是一个看不见的鸟嘴在耳语。他紧张起来，说："是的。"然后他直挺挺地走出房子，关上身后的房门，开始用手指探摸着衣兜，看自己带没带钥匙。

"衣兜太多了，"他嗫嚅着，"必须缝起来一些。哦。"科洪太太的猫坐在对面门口望着他。它的一部分脑袋和喉咙不见了。右半边被切掉了，他看到了大脑切片，有白有粉有褶皱，就像蘑菇的底部。猫打了个哈欠，大大地张开它的半边嘴巴，露出它的舌头和针一般的白牙。索能看到舌头一直连到舌根，就在细细的喉管里。他的嘴唇动了动，用含混不清的言语诉说着自己的恐惧。他的手指捏紧了冰凉的钢制钥匙。他紧紧地攥着钥匙，从中寻求着安慰，下楼来到街上。空气暖融融的，天空一片漆黑。中间有颗红色的行星释放出一道道乌黑的空气圆环，就像石头落入池水激起的涟漪。索听从耳语声的吩咐，往左边转。耳语者是一只黑色的乌鸦，飞在他的头后面。在巨大的寂静中，它发出的指令非常清晰。他自己就是那只俯瞰着邓肯·索和他走过的街道的黑鸟。他时而滑翔到街道尽头，把行走的身体远远甩在后面，时而退回来，跟着身体走上一段。遇到路口，他飞上来，把鸟嘴贴在一只耳朵旁边耳语：**往这边拐，往那儿拐**。在一条街的尽头，一扇生锈的铁门系着锁链，牵牛花盘绕在门上，但他从一些弯曲的栏杆空隙中挤了进去。他看到那个暗红的星球悬在一些宝塔状的植物中间，它们那肉肉的脆弱茎秆向外沁着白色的甜汁。乌鸦振翅飞到他脚前的煤渣小径上方，叽叽喳喳地乱叫道：

恩替天替哈利噶拉姆[1]
头孵出来，天空裂开
约翰·诺克斯狂饮了一喊咔烟囱

---

[1] 一首苏格兰童谣的首行。原童谣中包含许多押韵但无意义的音节。

众神都是罗锅喊咔，喊咔，喊咔。

索踉跄而行，脚下一滑，飞了起来。乌鸦在他下方一百英尺处翱翔着。他的位置和速度都取决于乌鸦。他们从上空掠过，那条阴暗的带子是杂草丛生的运河，他往那些房间看过去，只见女人们在晾着衣物的滑轮晾衣架下面熨衣服，身穿衬衫的男人在读报，孩子们和恋人们躺在昏暗卧室的被窝里。他的身子像荡秋千似的掠过城市那犹如剖开的蜂巢般的截面。错综复杂、密密麻麻的生活吸引着他，然后吓坏了他。他捂住了双眼。他的双脚马上触到了地面。

索把肚子靠在桥的栏杆上，叉起的胳膊搁在栏杆顶端。他觉得恶心。河水收缩成涓涓细流，从绽裂的泥滩中间流过。东边的吊桥下面有只什么东西的尸体，稀稀拉拉的一群海鸥在它上方尖声啼叫着。地下传出喃喃的低语声，最初表现为脚掌下面的某种震动，然后越来越大，变成耳鼓上的轰鸣，敲锣般的轰响声从地平线上涌了出来。索抬起头，望着左边河岸上的仓库。后面的城市拔地而起，伸向天空。先是高耸的市政大楼拔升上去，再后面是隆起的练马林荫路，上面的所有廉租公寓都亮着灯，然后是矮墩墩的大教堂尖顶，带着塔楼、中殿，还有旁边的一簇皇家医院的穹顶，再后面，就像望远镜的最后一节，散发着墓地腐臭气息的公墓浮升上去，约翰·诺克斯的纪念柱在最高处俯瞰着一切。石像手中的书砸在那颗搏动的星球上,一团蓝色的阴影从书上飞进索的心里,简直要将它冻结。四面八方都是这座城市强行升空的景象。工厂、大学、煤气罐、矿渣堆、廉租公寓楼的屋脊、种满树的公园,纷纷升上天空,最后地平线变得像碗沿,而他置身于碗底,需要仰望才能看到。边缘上挤满了围观者。他感到一阵自怜,因为有那么多人在看他这么一个人,他用两根手指向他们问候致意。其中一名围观者离开了边缘,走了下来,被屋顶遮住了身影。索闭上眼睛,想象着她走下重重街道,就像一滴水从盆子的侧边滑落,然后索从桥上走过,去佩斯利角见她。

她微笑着,挎着索的胳膊,索满怀自信。索看到他在他们行走时,把胳膊移到她的腰间,他的话逗得她咯咯笑,索也咧开嘴笑了。索在他们头顶振翅翻飞,无法自抑地尖声大笑,然后将鸟嘴贴在一只耳朵旁边提出建议。他们登上一条狭窄的马路,两侧是观望的人群。有时他能在左边或右边认出一张面孔,但他必须把全部精神集中在玛乔丽身上,不断用话把她逗笑,自己留意着不要笑出来。她没有发现,搂着她的那只手就像花岗岩一样毫无知觉,要靠他努力忍住,才没有捏断她的指骨。他们穿过运河桥上摇晃的厚木板,从一些仓库旁边走过,爬上一段绿草茵茵的上坡。他先爬上去,然后把她拉上来。他强迫她躺下时,她笑了起来,他用石头般的双手摩挲着她的身体和脖颈。

她挣扎起来。

"快快快!"乌鸦尖叫道,"快把她弄断。"他活动着自己的石头嘴巴,穿过她的喉咙,进入耳朵旁边的下颌角,很快就弄断了她。

他在牛毛细雨中醒来,嘴唇上有一块硬皮,身边有个他不想看的东西。他试图飞回家,但他上气不接下气,只能飞一小段距离,其他时候就在泥泞的拉纤路上爬行。上楼时他老是东倒西歪,进屋后他躺在客厅地板上,开始发出呼噜呼噜的声音,主要是为了呼吸,但也有一部分原因是为了吸引别人注意。他咕哝得越来越大声,最后有个警察破门而入。他期待着去坐牢,但外面有个医生,他们把他抬起来放在床上。医生给他打了一针吗啡,他进入了甜蜜的梦乡。他在南方综合医院醒来时,已经在那儿待了接近两个星期。

第30章　放弃

拉纳克透过病房窗户，望着一张床，它看起来就像是自己这张床的映像，只不过那张床上的人躺在被单下面。他说："索是真的杀了人，还是只是经历了一场幻觉？"

我只能按照他看到的情形，来讲述这个故事。

"那警察逮捕他了吗？"

没有。在医院里，他一直隐隐期待着他们这么做，但他们并没有来，这让他感到担忧。他想要摆脱他熟悉的一切，逮捕会让这一想法得以轻松实现。"那就是一场幻觉。"

未必。1956年，英国官方承认的谋杀案有一百五十起，其中有三分之一悬而未决。索无疑觉得，自己做了某件恶事，但向警方自首是件耗神费力的事，于是他尽可能地少想心事多睡觉。现在他不做梦了。呆钝就像冰冷的绷带，捆缚住了他的心神。

他一只手擦伤，营养不良，还患有支气管哮喘，接受了可的松类固醇的治疗，这种新药两天就治愈了哮喘。其他事情耗费了更长的时间。医院里的社会服务人员想要联系索的父亲，但索不肯透露地址。他说等他出院后，就会去找索先生，但他并不是真打算去。

他被释放了，回到家，把一些衣物和剃须套装塞进一个帆布背包。

"你说过，他已经放弃刮胡子了。"

《晚间新闻》刊发那篇文章之后，他恢复了剃须，好让自己看起来不同于新闻照片上的模样。背包里有索先生的一只旧指南针。他兜里揣着九镑多的钱，去了议会路上的巴士车站。他想去伦敦，想从地球表面一路下滑，滑进有人居住、杂乱无章的南方，但在车站上，他内心的指南针彻底调转了方向，指向了北方的河湾和群山。他决定还是先去见一见父亲。

不妨想想看，他沿着第一卷第18章开头描述过的路线一路乘车前行，只是路途中，他多半时间都在打盹儿，他在格伦科村下了车。他沿着一条窄路走到青年旅社，这条路从一条分岔颇多的隧道中穿过。时值秋季，高地被紫色、橙色和绿金色染得五彩缤纷，若不是灰色的光线把它们变得柔和，或许会显得俗艳。

"忽略当地的颜色。"

好的。

还不到五点,一些登山者正在旅社台阶上等候。索从这座建筑侧面绕到后面的管理员住处,但他在敲门之前透过窗户往里看了看。房间很整洁,墙上挂着绘有洛蒙德湖的小水彩画,以前它一直挂在里德里的住处客厅里。他还认出了书橱、写字台和猫头鹰形状的木质烟草罐。他父亲坐在暖炉边的安乐椅上看书。他肘边的矮几上有一把罩着保温套的茶壶、一些茶杯、一只雕花玻璃糖碗、一个牛奶罐和一盘饼干。两个女人坐在对面的一张沙发上。一个头发花白,年近六旬;另一个大概是她女儿,头发乌黑,四十上下。年长的女人在编织,年轻的女人在看书。宁静的室内有种完整性,一种平静而令人安心的优雅,索觉得它不应该被人触碰。他只能将它打破,而不能为之增色,于是他找到树篱上通向公路的一个缺口,返回了村里。

他在一家招待游客的饭店里喝了茶,不知该怎么办。回格拉斯哥,感觉是不可能的事,于是他往威廉堡走去。

湖边的路枯燥无味,走到巴拉胡利什附近阴郁的板岩堆时,他的哮喘发作了,过了一会儿,他只好坐在一排等候渡船的汽车旁边的矮墙上。有位美国女士站在她的车旁边,仰望着小山上树林里露出的一个发白的石头物件,看上去像老式汽油泵。她问:

"你知道那是什么吗？"

他告诉她，他认为那是绰号"红狐"的科林·坎贝尔[1]遇害地的标记。她缓缓一笑，说："我是不是在罗伯特·斯蒂文森的《绑架》里读到过？"索说这不可能。她说："你看起来不太舒服。我能帮上什么忙吗？"

他说起了自己的病情，说它会过去的。"我丈夫也有这种病。"她说，便回到车里。然后她出来，递给他一张纸巾，里面裹着一些蓝色和粉色的鱼雷形小药丸。她说："吃一片试试，它们是新药。"

他咽下一片，片刻之后，一股幸福的暖意流遍全身。他用亲切的目光望着她。她说："一天不要服四片以上，它们有可能会让你兴奋过头。我们正要去马莱格，可以捎你一段吗？"

他踏入了一小块分离在外的美国国土。车座似乎包了柔软的水牛皮，温度比体温还要高五度，有一支小小的管弦乐队在某个地方演奏着。引擎的声音细不可闻，一旦过了渡口，湖光山色就像电影一般投射在车窗上，飞速向后掠去。司机是个沉默寡言的男人，脖子粗壮，他问索要去哪儿。过了一会儿，索说他要去斯蒂宾。那名女士说："你会发现亨利有点沉默。艾森豪威尔总统患了脑血栓，市场反应很糟。"

---

[1] 科林·罗伊·坎贝尔（Colin Roy Campbell, 1708—1752），苏格兰贵族，于1752年5月14日在苏格兰西部阿平附近被暗杀。此事件为斯蒂文森的小说《绑架》提供了灵感。

索闭上了眼睛，隐约看到父亲和妹妹在一片灰色的田野上。索先生撑着一团毛线，他妹妹把毛线缠成球。等他睁开眼睛，天已经黑了，车子爬上一段长长的蜿蜒车道，开到一座像是巴尔莫勒尔堡的建筑跟前，只是它的正面有块霓虹灯的旅馆招牌。索又喘不过气来。那位女士说："我们在地图上查了斯蒂尔，你今晚无论如何也到不了那儿。我们准备在这儿过夜，我们建议你也留下。它是有点贵，但是——"

她显然是要提出一个慷慨的建议，于是索打断她，说能好好地休息一晚上比什么都值。他们全都下了车，进了旅馆。在前台那儿，索说自己不饿，这就直接去睡了。他们祝他晚安。

旅馆很大，但他的房间很小，这让索感到惊讶。他呼吸很困难，但还是上了床，吃了两片鱼雷药片，便马上沉入梦乡。

次日上午，有那么两三次，索隐约听到有人敲门，喊着报时，十一点左右，他终于起来了。他呼吸顺畅，但头脑呆钝，身体笨重。他错过了早餐，便在一间大休息室的角落里，不安地喝了咖啡，吃了烤面包片。他在前台结完账，走了出去。这天是阴天，还起风了。因为不愿走回头路，他不想再面对那条长长的车道；而且，风也在推着他往另一边走。他绕过旅馆，走过一些草坪，用手指拨弄着衣兜里最后的几枚半克朗硬币和铜板。经过一个长着睡莲的长方形池塘时，他把它们丢了进去。一条小径穿过杜鹃花灌木丛，通向一扇门，门后是一片荒地。他穿门而过。

荒地向上延伸到两座岩石嶙峋的小山之间的山脊上。这里没有小路，有时地面生的不是石楠，而是苔藓，他的脚就会陷下去，踩到烂泥。他走了两三个小时，来到那片山脊，在一片凌乱的石堆背风的一面休息。面前的石楠从下坡一直延伸到大海，只是一片长满石楠的隆起遮住了海岸。他看到狭长的陆地被灰色的水域分隔开来，部分地面点缀着农田，其余的地面遍布着岩石，斜着延伸到一座座大山里。他心想，其中有一座大概是鲁阿山。他发现石堆里有块离得很近的石头，表面上刻着字：

在
此地
爱德华国王
于畋猎后用了午膳
1902 年 8 月 28 日

他莫名地觉得这很滑稽，笑了好长时间，但其实并非真的快乐。他又吃了一片药，这让他快乐了些许，但并不多，于是他扔掉了余下的药片。风更冷了。他站了起来,心不在焉地看了看指南针。指针指着下山的方向。

走了一会儿,他看到两侧的地面都挺陡峭,前面也一样。他似乎处在一个岬角上,但风、斜坡和他的本能令前行变得更为轻松。岬角尽头有不少小段的峭壁,斜坡上长满石楠,其间夹杂着滚落的岩石。刚开始时,下坡很容易,后来他走到更陡峭的岩石上,必须从布满松散石块的冲沟爬下,松散的石块动辄垮塌、滑落。下到最后几码的时候,他摔了下去,躺在枯萎的欧洲蕨里的大圆石下方,心想:"好痛,我不喜欢这样。"一条腿上有一道流血的划痕,一侧肩膀生疼。他觉得身上出了汗,黏糊糊的,心怦怦直跳,他心想:"我需要洗澡。"他摘下背包,脱下外套、夹克、运动衫,然后觉得很冷,便走下陡峭的海滩,海滩上布满大个的卵石,像是石质的蛋和土豆。它们滑溜溜的,很难落脚。他步履蹒跚地从中走过。

第一个浪头并没带来多少冲击,但海滩坡度很陡,下一个浪头又大又急,拍在他的胸口,让他双腿悬空地漂浮起来,向后倒在两三英尺深的海水里的滑溜卵石上。他扑腾着站起身,衬衫紧贴在身上,摩擦着皮肤。他愤怒地笑着,扯下衬衣,逆水前行,嘴里喊道:"你摆脱不了我!"他低下头钻进冲袭过来的浪头,双臂挣扎着从中穿过,发现自己越升越高,浮出了水面。

他双脚踩在一条没入水中的沙垄上，水深及腰，这时他走到了沙垄尽头，一脚踏空。他在水下扑腾着，透不过气，被盐分杀得身上生疼，几次跌倒，心里什么也不知道，只知道自己要屏住呼吸。一种嗡嗡的击鼓声充斥着他的头脑，他在慌乱中睁开眼睛，在盐分带来的刺痛中瞥见绿色的微光。终于，就像指甲再也无法抓牢岩石上太窄的凸起，他栽了个跟头，在呼喊中吐出了残留的气息，不得不吸气了，海水就这样灌进了他的身体，带来的不是痛苦，而是毁灭性的甜蜜。